人格障害は自分が治す

人格障害、アルコール依存症からの完全復活

新井彌重

たま出版

母に捧ぐ

人格障害は自分が治す

プロローグ

あの年はものすごい暑い夏でね。とにかく顔も体もぽっぽっと燃えちゃうわけ。暑くてね。ほんとに暑くてね。

あたしは廊下に腰掛けて庭石に足を降ろしてね。ぬれ手ぬぐいを肩にして、一瞬の涼を楽しんだの。腰巻きひとつだったわ。

夕ぐれ、池のほとりの月見草がぽっかり咲くの。ひとつ、またひとつとね。それをじっと眺めているの、好きでねえ。毎日眺めていたのよ。大きなお腹を抱えて、肩で息をしながらね。

会社から帰ってきたお父さんが、バケツに水をくんでは何回となくまくの。

もう水まき専門ね。ほら、風呂場にあったあのバケツよ。あのバケツを振り回して水をまくのよ。庭中の植木にね。

それからぬれ手ぬぐいを冷たい井戸で冷やしてくれるの。井戸をガッチャンコ、ガッチャンコいわしてね。湯気が何回も何回も出たのよ。

それでやっと暑さをしのいだの。暑い夏だったわねえ。本当に。

そうそう、寝ているときはね、おなかが大きくて起きあがるのが大変でね。お父さんが手を引っ張ってくれてね、それでやっと起きあがったのよ。


母は幾度となくそう語った。私の原風景である。

私は、いたわり合う父と母に愛され、望まれ、もう間もなく今生に産声を上げようとしていた。1947年8月のことである。

1948〜
1966

乳幼児期

私の最初の記憶はなんだろうか。いくつか脳裏に浮かぶ情景のどれが最初で、どれが後のことなのか定かではない。ただ言えることは、いずれも心楽しいものではないということだけ。

いつも私はただ黙って下を向いていた。無表情に。心は、どうしてよいのかわからずに呆然としているか、つらさに満ちていた。理由はわからないけれど、ただつらかった。いつもいつも苦しかった。楽しいとか嬉しいとか、そんな感覚はまったく知らなかった。笑ったことも一度もない。

こんな情景。

母と一緒に小さな廊下を通って台所に行きながら、「てんじょふりふり、ねずみがちゅっちゅ」と調子をつけながら歌っていた。私は天井のねずみがしっぽふりふりのつもりであった。その頃は、天井でねずみががたがた走り回るのは常のことであった。

だが、それを聞いた母が笑うのが耐えられなかった。なぜ笑うのかわからなかったし、その場にいたたまれないようなそんな思いでいっぱいになった。なぜなのか聞くこともできず、やめてと言うこともできず、ただ黙って下を向いた。身の置き所がなかった。

「緑の丘の赤いわね」と歌う私。これは奥の八畳間でのことであった。そのたびに母が笑った。赤い「屋根」の間違いであったが、そのときも、そしてそれを母がむしかえして話題にするたび、やはり身の置き所のないようなつらい気持ちを味わった。

「あんたったらねえ、あかいわねって言うのよ」

「やめてよ」

蚊の泣くような声で言うと母はさらに笑った。なおさらつらくなった。つらくてたまらなかった。

写真で1歳8ヶ月のこととわかっているが、隣家の庭で、同じくらいの男の子に向き合わされた。そのときも、どうしてよいのかわからず当惑していた。ただ呆然としていた。やがて、母に、持っていたかごのなかの飴を男の子にあげるように言われ、その子に渡した。好奇心たっぷりの顔でかごをのぞいているその子の表情が生きている。それに比べて困惑している私の顔。

何枚もの写真が私の思いをよみがえらせる。飴をあげて楽しいとか、同じくらいの歳の子に会えて嬉しいとか、そんな思いはまったくなかった。母に言われたことをどうにかやった、ただそれだけのことだった。楽しくもなんともない、ただ困惑し、途方に暮れたひとときだった。

その後いくたびか母が、「あの子がボーイフレンドの第1号ね」と言うのだったが、そのたびに「私の気持ちもわからないで」と思いながら、ただ、黙って下を向くのみであった。

父と大喧嘩した母が、右手に風呂敷包みを持ち、左手に私の手をひいて玄関に立っている。家出するところであったらしい。上がり口の三畳の間には父が立ち、にらみ合っていたのか、言い合っていたのか。

玄関はとても暗かった。私はただ黙って立っていた。

はしかになって奥の部屋で寝ている。2歳くらいの記憶だろう。冬のことだった。ふと体温計を枕元にあった火鉢の上のやかんの湯気に当てた。しゅうしゅうと勢いよく湯気が上がっていた。あっという間に先っぽの水銀がこわれ、やかんの口からするりと中に入ってしまった。

「どうしよう」衝撃は大きかった。大切な体温計を壊してしまった。どれほど叱られるのだろうか。

やがてやってきた母に、やっとのことで「ごめんなさい」とささやくような声で謝った。どういう加減か、あっさりと簡単に許してくれたので、心底ほっとした。

熱が高かったら、母に優しくしてもらえる。なぜか無性にそう思ったのだ。優しくしてもらえる。ただそれだけの思いで湯気に当てたのだった。

2歳半の頃、間借り人の子供と家のなかを走り回って遊んでいた。スーパーマンみたいに、ふろしきを首に結んでいた。床の間の粗壁を爪でがりがり削って、「水道、水道」と言っていた。表面の深緑の塗料がそげ落ち、下の灰色の面が現れていた。

母にひどく叱られた。言葉はまったく記憶していない。私はただ下を向いていた。ただただ頭のなかが真っ白になったのだった。

その後、私は二度と子供らしく遊ぶことはなかった。夢中で友達と遊んだ最初で最後の記憶である。そのときの私は確かにはしゃぎ、全身で楽しんでいた。そんな自分が確かにいたのだ。

幼稚園

社会と関わるはじめての場が幼稚園であった。私はベビーブームの先陣であり、未曾有の人数の多さに幼稚園も満杯であった。

「入れないと言うのを無理無理拝み倒して1年保育に入れてもらったのに、あなたは何よ。

満足に行かなかったじゃない。毎日毎日泣いて幼稚園に行けなかったのだ。」と、母が後々何度も口にしていた。私は幼稚園に行けなかったのだ。

入園式の日、母が「ほら、あそこにいるのが中谷先生よ。あなたの先生。中谷先生って呼んでごらんなさい」と私に言った。小さな園庭のうんていのそばだった。

蚊の鳴くような声だったに違いない。でも、自分では思い切って「中谷せんせーい」と叫んだ。中谷先生はこちらを向かなかった。

本当は谷中先生だったと後で知った。名前を間違えたから、こちらを向かなかったのか、聞こえなかったからなのかは定かでないが、この挫折で私は、幼稚園に行く気力がまったく失せてしまった。毎日毎日泣いて登園拒否をした。

家の門柱や階段の手すりにしがみついて、行かないと泣いている私を、母は一生懸命引きはがして、幼稚園へ連れて行こうとした。

「どうしたの?」と聞かれることもなかった。抱きしめられることもなかった。

「大丈夫よ」と励まされることもなかった。ただ、力ずくで引っ張って行かれた。私が母に抱きつくこともなかった。そんなことを繰り返した幼稚園の1年間であった。それでも半分くらいは幼稚園に行っただろうか。

幼稚園では、黙りこくったまま、言われたことをなんとかやったり、人のことを見ているだけだったり、そんなことの繰り返しだった。

私はまったく人と関われなかった。何ひとつ楽しいことはなかった。人といて、何を言えばいいのかわからなかった。どう振る舞ったらいいのかわからなかった。まったく何もできなかった。頭が真っ白で空っぽで、ただ呆然としているしかない。それが私だった。

言われたことは、無表情に、なんとかやっていたようだった。同じような絵ばかり描いていた。太陽があって、家があって、1本花が咲いて女の子がいて。

クンと鼻をすする癖のあるかわいい女の子に、淡い嫉妬心をもった。

絵本を適当に切り離したものが画用紙に貼ってあり、それにつなげて絵を描くという課題があった。その絵だけほめられた記憶がある。絵に連続性があったのだそうだ。

おゆうぎ会の踊りの写真がある。きれいな着物を着た私が、硬い目つきで腕をただ横にまっすぐに伸ばして踊っている。顔にも体にも表情がなく、棒みたいだ。これは、母の丹精の着物が評判で、カメラの焦点が私に合わせられたとか聞いた。

私と他の子供たちの間には、ガラスの厚い壁があるような感じだった。私から30㎝くらい離れたところに、厚いガラスがあった。ガラスの向こうは別世界で、ちょっとゆがんで見えた。そこで他の子供たちが動いていたが、なぜか音はあまり聞こえず、私と関係なくするするとまわりの情景が流れていった。

卒園式は、泣きまくった私を母が無理矢理連れて行って写真に収まった。体がかしぎ、泣きはらした顔でかろうじて立っていた。

こうして、社会デビューの1年間は無惨な結果で終了したのだった。

小学校

1

小学校に行くことになって、私は一変した。登校拒否をしなかったのである。毎日泣きもせず学校に行きだした。母がびっくりして、何度も繰り返して私に語ったほど、信じられないような出来事であった。

自分でも、どうして突然心境の変化が起こったのかよくわからない。泣いても、柱にしがみついても、つらい思いを癒してもらえることがないのを悟ったのだろうか。現実に合わせるしかないと子供心に思い定めたのであろうか。

私はまじめに学校に行った。忘れものひとつせず、きまりはきちんと守り、石みたいにこちこちに固まった学校生活を送った。

そして、人とまったく関われなかった。


1年生のとき、校舎の建築が間に合わず、2部授業というのがあった。午前と午後に分かれて授業をするのだが、午後、出がけに鼻血を出した私は、母に伴われて少し遅れて登校したことがある。校庭のスタンドにみんなが座って、歩いてくる私を見ていた。私はいたたまれない思いで下を向いて歩いていた。

みんなが「お母さんと来たりして…」と非難しているような気がしたのである。そんな声が聞こえたような気がしたのである。

私は、非難とか、叱責とかはもちろん、簡単な注意でさえも耐え難い思いを抱くのである。そして笑われることが大変な恐怖であった。自分の存在がなくなってしまうような感じだったのだ。だから、そんな羽目にならないよう必死に気をつけていた。息を詰めるようにして、周囲の状況を窺《うかが》いながら汲々《きゅうきゅう》として自分を守っていた。

3年生のときだったと思う。30㎝の竹のものさしを学校に持ってくるのを忘れてしまったことがある。登校途中で気づき、さあっと血の気が引いて、必死に走って家に取りに戻った。あのときの動転した気持ちを、なんと言ったらいいのだろうか。

私にとっては、天と地がひっくり返るくらいの大変なことであった。息せき切って学校に駆けこみ、かろうじて遅刻せずにすんでほっとした。そのくらい、失敗しないように細心の注意を払って毎日過ごしていた。

何かひとつ注意でもされたら、この世の終わりに等しかった。

その思いは、ずっと長い間私を支配していた。


私は嬉しいとか、楽しいとか、おかしいとか、そういった感情がわからなかった。たとえば、みんなが笑っているから、たぶんおかしいのだと思い、まねをして作り笑いをするのであった。いや、作り笑いまでいかなかったと思う。ちょっとほおをゆがめたくらいではなかったろうか。それも、人より何テンポも遅れて。

1年生のクリスマスに、母が私の担任と一緒にプレゼントをくれたことがある。木の箱に入った赤と白の人形であったが、もらったときに、何をどう表現したらいいのかわからなかった。「サンタさんがくれたんだよ」と、ふたりはにこにこしながら私に言ったが、私は「ほんと？　サンタさんがくれたの？」と、とても不思議な気がしていた。

サンタクロースがいるということがよくわからなかった。そして、嬉しさとか思いがけなさとか諸々の感情がなく、従ってそれらをまったく表現できなかった。にこにこして、ありがとうとか嬉しいとか言うのは、理解できない世界のことであった。

もちろん友達はいなかった。でも、遊ぶふりはした。友達がいないのは恥ずかしいことだという思いがあったのだ。

石けりやなわとびなど、ルールのある遊びだけはいくらかすすんでできた。室内ゲームなども。勝つと楽しいとか、勝ちたいという思いはあったのだ。

しかし、ルールのない遊びの世界、おしゃべり、ふざけっこなど、そんなことはとんでもない世界であった。かくれんぼも駄目だった。予測できないことが起こる世界は手も足も出なかった。

2

私には姉がいた。姉は22才年上だった。父の先妻の娘であり、私が生まれて間もなく、姉は結婚して家を出ていった。私の母とは10才しか違わない。お姉さんよ、と言われても、歳がはなれすぎていて、私にはよくわからなかった。長い間「お母さんと10才しか違わないのにどうして?」と思っていた。でも、そんな疑問を口に出したりはできず、ずっと半端な感じを姉に抱いていた。

姉は優しい人だった。嫁ぎ先が余裕のある暮らしをしており、貧乏な我が家に何くれと気を遣ってくれていたのだった。

姉は、毎月少女雑誌を買ってきてくれた。嬉しさを感じたり、あらわしたりすることは不得手であっても、ページをめくる毎にあらわれる夢のような世界に、私は魅了されていた。ただ黙って見入っていた。

すてきな洋服や、めったに食べられないお菓子を買ってくれるのも姉だった。

小学生になったのだからと、2、3日姉の家に泊まるということになった。姉には、私と2才違い、5才違いの、ふたりの男の子がいる。ふだんと違う出来事を私は楽しみにしていたのだが、姉の家にひとりになったとたん、もう駄目だった。

お祭りがあり、様々な出店を案内してもらったりしたのだが、私はどう振る舞ったらいいのかわからなかったのだ。珍しいとか、楽しいとか、わくわくするとか、そんな感情はなく、人といるのがつらいだけであった。もちろん、しゃべることなどできようはずがない。次の日にすぐ、家に戻ってしまった。

小学3年生のとき、姉一家に、はじめて海に連れて行ってもらった。水着も買ってもらった。だが、波と戯れる風をよそおってはいたが、まったく楽しくなかった。困惑していた。どうしたらよいのかわからなかったのだ。ただときの過ぎるのを待っていた。

そのときに偶然写した写真に、つまらなそうな顔をして黙ってうつむいている私の顔が写っている。

子供心に私は、自分はなんてかわいげのない子供だろうと痛切に思っていた。他の子のように大きな声ではしゃいだり、甘えたり、遊んだり、そんなこととは無縁だった。聞かれれば答えたが、それだけのことだった。でも、姉はそのようなことには頓着なく、私に何くれとなく気を遣い、様々なものをプレゼントしてくれたのである。

3

私は、ただ生きているだけで苦しかった。人と何の接点も持てなかった。この世との何の関わりも実感できなかった。常に地に足がつかない幽霊みたいな気分であった。いつもひとりであった。

そんな私が、いっとき息をつける、気をそらすことのできるものがあった。本、映画、テレビなどである。

小学1年生から3年生まではマンガを読みふけった。貧しい家の生業《なりわい》のひとつとして、母が親戚筋から貸本を回してもらい、雑貨屋の店の一角に並べたからである。4年生になったとたん、読書に目覚めた。江戸川乱歩のシリーズ、ルパンシリーズを手はじめとして、講談本や軽い大人向けの本まで読みあさった。いわゆるエンターテイメントである。そのときからごく最近まで、本は現実逃避の有効な手段として欠かせない存在であった。

2、3年生の頃は、隣の家から母がよく映画の招待券を分けてもらい、東映の時代劇を見に行った。5、6年生の頃には、宝塚の券を問屋からもらい、何回か連れて行ってもらった。

こうしたときだけは、現実の苦しさから逃れられたのだった。夢中で読み、眺め、うっとりとした。でも、ほとんど内容は覚えていないのであった。あらすじを語ることもできない。ただその時間を苦しまずに過ごすことができたというだけのことだった。

テレビは、近所でも珍しがられるほど早く我が家にやってきた。名うての貧乏屋がどういうわけかと、いぶかしがられるほどであった。母の才覚で、問屋から貸しテレビという形でやってきたらしい。私が10才の頃、昭和32年頃であったろうか。

私は、自分の見たいものをあまり主張できなかった。母たちが見ているものをそっと見るということが多かった。アメリカのテレビドラマにのめり込むようになるのは、しばらく後のことであった。それらのドラマもまた、いっときの間、私をつらい現実から連れ出してくれたのである。

4

わが家は父が勤め人であったが、私が幼稚園に入る前の年に父は仕事をやめ、20万円ほどの退職金と共に、その後の生活のいっさいを母にゆだねていた。

そのうちの17万円で、母は庭の一角を切り崩し、小さな店をはじめた。まったくの素人であったが、お茶、雑貨、文房具などを扱い、細々とやっていた。

母は働き者だった。何もしないでいるところを見たことがなかった。店を開けながら、人様の仕立物をしていた。編み物もした。簡単な洋服もミシンを踏んで作ってくれた。ふとんも作れば、着物の洗い張りもした。もちろん食事の支度もし、冷たい水で洗濯もした。手洗いである。商店会の申しあわせで月一回店を休むことになると、真顔で怒ったものだった。休むなんてとんでもない、1日分収入が減るではないか、と。くるくるとよく働いた。

私のことも一生懸命に面倒を見てくれた。食べることや着ることは、貧しいながらも精一杯のことをしてくれた。盲腸から、腹膜炎といわれて1ヶ月ほど入院したときも、必死に看病してくれた。15日間も病院に泊まり込んだそうだ。注射で足が動かなくなったときは、一晩中さすり通しであった。

父は酒飲みであった。母はおしゃべりであった。食事の場は、父と母の口論の場か、母のおしゃべりの場であった。私はいつも黙っていた。父母といっしょに食事するときが1番嫌いだった。団らんと称するものを私は知らない。そういうものを一度も経験したことがなかった。おしゃべりというものを経験したこともなかった。

父は、酒が入るとぐちぐちと母に小言を言いはじめる。母はそれに声高に反論する。そんなことの繰り返しであった。穏やかな会話とか笑い合うとか、そんな場面は私の記憶にない。一度食卓で、父が母に、おまえは掃除が不得手だと言ったとき、私が「そうね」と父に同調したことがある。父は大層喜んだ。母は烈火のごとく怒った。何言ってるの、と、にらみつけられ、怒られた。恐くてすくみ上がってしまった。それ以来、私は二度と母の意に逆らわないように気をつけた。事実、母が父の過失に際して怒った様子は、大の大人でもひるむような迫力であった。

駅前まで買いものに行った父が財布を落としたとき。父が私の足に熱湯の入ったやかんをひっくり返したとき。本当にすごかった。居丈高《いたけだか》に言いつのり、過失を責める。父が言葉をはさむいとまもなかった。そばで私はただ呆然としているだけだった。

「あの人にはこれこれのことをしてやったのに、縁切りだって言うのよ、恩知らず」とか、「あの人にはこんなに世話してやったのに、こうこうだって言うのよ」「私はだまされ、ひどい目にあった」等々、そんな話はいくつもころがっていた。母はすべて正しく、人はすべて悪者であった。

また、母は心に思いをためておくことのできない人であった。父への不満、怒り、人のうわさ話、悪口、恨み、貧乏に対する思い…すべてを私に話した。母が人のことをよく言うのを一度も聞いたことがない。母にとって、すべての人が不快のタネだった。そしていつも私の同意を求めた。

そうね、そうね、お母さんの言うとおりね。そのとおりね。

それが私の常の言葉であった。それ以外の言葉を私は持たなかった。

母が1升ビンを隠す手伝いをよくやっていた。どこに隠しても父はすぐに見つけだし、飲んでしまう。「お父さんは本当にしょうがない人ね」と、母と私は日々言い合っていた。母は、小学生の私に意見を求めるのだった。低学年のうちからである。そして「うちの彌重がこう言ったのよ」「うちの娘がこう言うのよ」と、店に来る人々に吹聴するのであった。

母は大きな声でしゃべりまくる。だいたいが幽霊のように生きている私に、考える力などありはしない。ましてや小学生である。苦し紛れに適当にいい加減なことを言ったことを、さもすごいことのように言われることは耐え難くつらかった。

私の気持ちもわからないのに、何言ってるの、やめて、と心のなかで泣き叫んでいた。

何度も真剣に「やめて」と頼んだが、一顧だにされなかった。

それは何十年も変わらなかった。

私は母の愚痴の聞き役であり、相談役であった。


母は、偏頭痛にはじまって、首、肩などあらゆるところが痛む人だった。

「どこそこが痛いって、あんたに話すでしょう。言ったとたん、痛みがなくなることがあるのよ。すうっと軽くなったりもするのよ。ほんとに不思議だったわ」

そう話す母の首を、一晩中揉んだこともあった。私は、あちこち痛む母の体を揉むのがうまくなっていった。


私はお母さんの心の隅々まで知っているのに、どうしてお母さんは私のことをなんにもわからないのだろう。

小学生時代、幾度も不思議に思った。本当に不思議だった。

5

夕方、迷子になりかけて怖い思いをしたことがあった。さほど遠いところではなかったと思われるが、道に迷ってしまったのだ。空が真っ赤に染まり、やがて赤黒くなり、そしてだんだん暗くなってきた。怖かった。必死にあちこち道をたどりながら何とか家に帰り着き、母に道に迷って怖かったと訴えたが、相手にされなかった。

ふーん、とも言わなかった。一瞬私の顔を見ただけで、違う方を向いてしまった。

同じような体験がもうひとつある。

家の奥の座敷に大きな黒猫がふわっと窓から進入してきた。突然のことで私はキャアーと悲鳴を上げ、店先の母のところに飛んで行き、息せき切って話したが、同じようにまったく相手にされなかった。

また、ある教師に私は性的ないたずらをされた。その教師を母がよく家に招いていたのだった。私は、その教師の入っている風呂にいっしょに入れられ、その夜、教師は、寝ている私にいたずらを仕掛けてきたのである。私は息を詰め、ただ寝たふりをしてやりすごすしかなかった。そんなことが2度あった。

何年かして母にその事実を話しても、何の反応もなかった。一瞬私の顔を見ても、何もなかったように違う方を見るだけだった。

いずれのときも、私はぼおっと、黙って立っているだけだった。母に無視されると、それ以上何も言えなかった。なんだかよくわからない。なぜお母さんは何も言ってくれないのだろう。これは何なんだろう。

宙ぶらりんの気持ちのまま、何か心に大きなかたまりができていくのを感じながら、呆然としていた。

「あんたが生まれてね、指を見たとき、あ、これは駄目だと思ったわ。ずんぐりしてるのよ。これは、背は伸びないいし、手足もすらっとはならないとわかったのよ」

「あんたをだっこしてると重くてね。よその人がちょっとでも抱き取ってくれると、心底ほっとしたものだわ」

「脱脂粉乳の配給のとき、あなたのお子さんは太っているから配給できませんと言われてね。せつなかったわ」

「あんたは夜泣きが激しくてね。2時間おきに起こすのよ。ホントにせつなかった」

「食事のとき、あんたを膝に乗せるでしょ。私の膝だとすぐ滑り落ちるのよね。お姉さんは足が長いから大丈夫なのよ」

「あんたのおむつを洗うのが嫌でねえ。お姉さんは大丈夫よって言って、どんどん洗ってくれるの」

「あんたのおむつがなかなかとれなくてね。おしりをたたいても駄目でね。近所の人に、そんなにぴしゃぴしゃたたくもんじゃないって言われたわ。結局、1才のときは失敗してね」

「あんたを縁側でおしっこさせようとだっこしてるでしょ。長いことシーシーと言ってもしないから、重いのをやれやれと廊下に降ろすと、途端におしっこするのよ。嫌になっちゃう」

「私はおっぱいがよく出てね。前の家の子にもあげたのよ。あんたと乳兄弟になるのよ。男の子の飲み方って違うのよね。ごくっごくっってすごいのよ。あんたはぴちょぴちょって、いつまでもいつまでもかかるのよ。腕が痛くなってね。夜中なんか泣きそうになったわ」

「ほら、このお乳のところに赤い痣があるでしょ。これはあんたがおっぱいを飲むとき噛んでできたのよ」

「生まれた翌年の5月に離乳しようとして失敗してね。11月に突然私が病気になって、おっぱいが出なくなったら、あんたはすっとやめたのよ。1年3ヶ月も飲んだんだから十分すぎるわよ」

「そのとき（病気のとき）私が寝てるでしょう。あんたはそばにいるの。すると、耳元で誰かがささやくのよ。見てな、この子は今床の間に行ってそこの菊の花で遊ぶからな。そうするとあんたは菊の花を手にとって、花びらを1枚ずつむしっては畳に並べていくの。本当よ。あの声は誰だったんでしょうね」

　繰り返し母から聞かされた話である。


　母は、いつも真剣な顔をして、生き生きと私に話した。そのいずれも、私は無表情で聞いていた。何回となくこれらの話はくり返されたが、残念なことに、どれも気持ちが明るくなるというものではなかった。私は悪い子、かわいくない子なのだ。

そう語る一方で、母は過保護だった。母は、店先の部屋の片隅に机を置き、勉強を見てくれた。私は、いわゆる創意工夫の能力、自分で考えだしたり、取り組んだりする力がなく、夏休みの自由課題はほとんど母が考え、母が手を入れて仕上げたのだった。小学3年生のとき、担任に過保護だと言われ、母は泣く泣く机を店からずっと離れた奥の座敷に移したのだという。作文は最も苦手であり、卒業文集などもほとんど母が書いた。私は表現することが極めて不得手であった。話すにしろ、書くにしろ、心が空っぽだった。私は依存心の強い、ひとりでは何もできない子供であった。

ときおり、現実感が乏しくなる自分に気づいた。今、この場にいる自分が遠い感じで、「ここはどこ、私は誰?」と言うほどではないが、現実感、存在感が極めてうすくなる妙な感じがあった。

小学校も高学年になると、理由もなくただ学校に行きたくなくなって、ずる休みをすることがあった。頭が痛いというと過保護な母は心配し、休ませてくれる。ただ呆然として、妙な感じの自分をもてあましつつぼんやりと家にいた。

1年生のとき、向かいの家の子の誕生会に呼ばれたことがある。私は、その家の広い庭で小さな自転車を借り、ひとりでまるい花壇のまわりをくるくる回って、乗る練習をしていた。帰宅したとき、母が何気なしに「乗れるようになった?」と聞いた。

そのとたん、心がきゅうっとちぢこまった。

見られた。

その衝撃は大きかった。何も言えずに奥へ入ったが、無防備な姿を見られることへの恐怖と言ったらいいのか、何ともいいようのない思いが体中を駆けめぐっていた。

店先の小部屋のこたつに入って漫画をかいていたことがある。それを向かいに座った母が突然のぞき込んだ。

見られた。

やはり、心も体も一瞬ちぢこまり、いたたまれない思いにさいなまれた。そのときの漫画の絵柄も言葉もよく覚えている。

私は、無防備というか、無意識に何かやっているところを母に見られることを極度に恐れていたのだった。それを母が非難するわけでもないのに、恐怖していた。

6

心温まる思い出が皆無であったわけではない。いくつか心に残っていることもある。幼稚園に入る前の年、庭にできたいちごを摘んで食べさせてもらった。「これを食べると大きくなって幼稚園に行けるのよ」と言う母の言葉に、「ほんと?」と言いながら食べた記憶がある。足を持ってもらって逆立ちをしたら、その年だけ10㎝身長が伸びた。ちびの私が大記録を作ったのである。

やはり幼稚園以前、母に童謡をいくつも教わった。歌集があって、ちんからほいとか、ミカンの花咲く丘とか、よく歌っていた。

しかし、いずれも嬉しいとか、はしゃいだりとか、そういうことはなかった。心は固く緊張しながら、つかの間のひとときをおそるおそる体験していたのであった。

裏返すと、母はこの頃生活に追われ、私をほとんど省みないで飛び回っていた。奥の座敷に、私はひとりでぽつんと取り残されていたのだった。父は子供の面倒を見るような人ではなかった。幼稚園に入る前の私はひとりで何をしていたのだろうか。誰も知らない。

だからこそ、少しばかりの心温まる場面が強烈に残っているのだろう。

小学校時代、店の売り上げがよいときには、夜、店を閉めた後でサイダーを1本買ってきて、家族3人で分け合ったことが何度かあった。買ってきなさいと宣言するのは母の役目、買いに行くのは私の役目であった。嬉しいというような感情とは無縁であったが、つかの間の団らんめいたひとときであったろうか。

私はほとんどものをねだらなかった。紙芝居も見に行ったことがなかった。だっこちゃんやフラフープが流行しても、けっして欲しいと言わなかった。小さいときからお金のないことをたたきこまれていたのだ。わがままはほとんど言わなかった。

それでも、店の商品のぬりえや紙の着せ替え人形などをおそるおそる「おろしてもいい？」と聞いて、ときおり使わせてもらった。それらでひとり遊びするのが好きだった。

私はきわめて「よい子」だった。言うことをよく聞き、わがままを言わない。逆らわない。悪さをしない。

7

こんな私が、特に問題視もされずに小学校生活を過ごしてきたのは、今から思えば、まわりの親や教師のとんでもない怠慢と言えるのだが、その当時は1クラスに50人もひしめいていたので、そのなかのひとりが少々変であっても見過ごされたのだろうし、私が勉強がよくできたことも災い（幸い？）したのだろう。勉強ができたというより、単に記憶力のたまものであると言いかえた方がいいのだが。

私は、授業中聞いたことはほとんど忘れなかった。特に勉強はしなかったのに、テストはほとんど100点であった。たまに90点や95点を取ると、私にとっては大変な失敗であり、ひゅうっと胸が痛くなるのであった。

私は知能指数とかいうものが高かったようだ。幼稚園の落ちこぼれが、卒園間近のときの知能テストで1番であったのが、ちょっとしたセンセーションであったらしい。その後、小学校でのテストではＩＱが群を抜いて高いと言われた。優秀な子というだけですべてを通り過ぎることができたのだ。人と関われない子とか笑ったことがない子だなどと、だれひとり心に留めなかった。

私の子供時代の写真は、みんなみごとに暗い。ほとんど無表情か、頼りなげな表情をしている。2枚だけいくらか笑っているものがある。1枚は間借り人が庭で写真をとってくれていたときのもの。「笑って」と言われて、必死に笑顔を作った。母と顔を見合わせて、ふわっと笑顔を浮かべた。「そう。いいね」と言われたのをよく覚えている。もう1枚は、小学校の遠足の集合写真。中央で意識して腕を組み、笑顔を作った。それだけである。

勉強や成績を意識したのは小学6年生になったときだった。進学教室というのがはやりはじめており、私も行くことになった。

そこで、問題集などちょっとやれば、確実に成績が上位になる快感を覚えた。日曜ごとのテストは楽しかった。他の進学教室の公開テストを受け、あっさりと東京で1番になったりするのは、ちょっとしたゲームのようだった。

そう、ルールのある遊びは大丈夫なのだ。この遊びだけは楽しかった。

中学・高校

1

地元の公立の中学校に進んだ。簡単に400人か500人くらいの学年のトップになれた。

だが、中学2年になって、私の内面がどんどん崩れていった。1番にどんな意味がある。バカバカしい。くだらない。どうでもいいことじゃないか。

私は勉強しなくなっていった。でも、極度のまじめ人間、注意、叱責を恐れる人間だから、枠からはみ出すことはしない。自分のなかで、勉強に対する思いが、いい加減で適当になっただけだ。

中学2年の2学期、ひとりの男子に成績を抜かれ、私は2番になった。どうでもいいじゃない、そんなこと。私はそう思った。その頃の自分の、唯一の存在価値といえるものを私は自分で否定していったのだった。

小学生の頃からそうであったが、私のなかには様々な汚い思いが渦巻いていた。醜い汚れた想念だけであったといってよい。

何より強い劣等感、貧乏な暮らし、友達と遊べないこと、おしゃべりできないこと、容姿に恵まれないこと。

それと裏腹の優越感。みんなバカよ。私は優秀よ。

それでいて、極めて依存心が強い自分にまた劣等感を抱く。教師たちに対する蔑視。周囲の大人たちに対する蔑視。人気のある子への嫉妬。蔑み。やっかみ。わけのわからない怒りや不満。さびしさ。悲しみ。不安。苦しさ。意地汚さ。お金に対する細かさ汚さ。小心。臆病。ずるさ。この世からの遊離感。空虚感。恐怖。

それらが渦を巻き、そのなかであえぎながら、悲鳴をあげながら、それは誰にも気づかれることはなかったのだった。

まったく表現しなかったし、できなかった。でも、私からはおぞましい臭気のようなものが立ちのぼっていたに違いない。それらをしっかり嗅ぎ取るほどの近さには誰も近寄らなかったというだけなのだ。

母は、「勉強しなさい」と、金切り声で言うようになっていた。

「わかったわよ」とか「うるさい」とか言い返し、勉強しなかった。母に言われるだけ、怒りも同じようにつのっていった。口論することが多くなった。

母は占いにみてもらったらしい。あるとき、「あんたは水で私は火なんだって。火はかっかと燃えるけれど、水をかけられるとしゅんと消えてしまうんだって。水が強いってことらしい」と私に言った。

そのせいかどうかはわからないが、その後「勉強しなさい」と金切り声で言うことは少なくなっていった。

小学校とまるで同じで、親密な人間関係はまったくできなかった。そんなふりをしたことはあったが、苦しかった。

登校するとき、どういう加減からか、近くの女の子が私を誘って行くようになった。1年くらいは続いただろう。これが何よりつらかった。何も話すことがない。思い浮かばない。その子もしゃべらない。今思えばお互い様だったのかもしれないが、そのときはただつらかった。必死に努力しようとは思うのだけれど、常に頭は真っ白であった。20分くらいはあったろうその道のりを、その時間をどうやってやり過ごしていったのか覚えていない。

2

ほとんど勉強しなくなっていたが、枠をはみ出すようなまねができるわけもなく、極度のまじめ人間、臆病人間の私は、低空飛行ながら必要最低限度のことはおさえていた。結局、その当時最難関のひとつといわれた高校の受験に成功したのであった。

女子ばかりの高校であった。伝統のあるその高校は成績優秀な生徒が多く、さらに勉強しなくなっていた私は、その他大勢の、成績中位の、目立たぬ存在になっていた。授業中も、ぼーっとしていて勉強しなかった私は、高校2年のとき、物理の期末テストを受けるのがためらわれ、1日ずる休みをして、銀座で映画を見て帰ったことがあった。誰にもばれなかったが、私はそんなふうにしてずるずると落ちていったのだった。

試験のときというと、図書館で本を借りてきて読みふけったものだった。『風と共に去りぬ』は、そんなとき夢中で読んだ本のひとつだ。

その時間をとりあえずやり過ごす。その場をとりあえずしのぐ。

それがいつの頃からか、私の処世術になっていた。とにかくなんとかその時間をやり過ごす。すると、やがてひとりになれる。本の世界でそっと息をつける。テレビの世界で自分を忘れられる。つらい現実から逃げられる。

大きくなったら、きっといろんなことがわかって楽になれるのではないか。いろんなことができるだろう。大人になるってきっとそういうことなんだろう。もうちょっとの辛抱なんだ。

そんなことを思っていた。ずいぶんと長い間そう思っていた。

3

高校2年の夏、我が家は引っ越しをした。立ち退き料をもらって近県に新しい家を建てたのだが、残りのお金の一部で、父とふたりで父の郷里の岡山に旅行した。母が行くようにと取りはからってくれたのである。我が家では思いもかけない大変な出来事だった。私にとっては十数年ぶりの旅行だった。

だが、結果は悲惨の一語であった。親戚の家を回って泊めてもらうのだが、それが何とも言いようがないほど苦しかった。

しゃべれない。聞かれたことに相づちをうつことはかろうじてできたように思う。でも無表情。食事のときは特につらかった。借りものの置物のような気分といったらよいのだろうか。父は酒を飲めればいいだけのことで、ひとりでいい気分に酔っぱらい、気を遣った会話など無縁な人であった。とんでもない団らん風景を想像できるだろうか。私は当然のように膳につけられていたビールを、黙って飲んでいた。苦かった。

ある家で、私のために海水浴を計画してくれた。

人と遊ぶなんてとんでもないことだったので、必死に辞退した。水着もないし、といいわけをして。

それが遠慮と映ったのか、翌日強引に海に連れて行かれた私は、借りものの水着を着て、下を向いて立ちつくすのみであった。それ以上の記憶はまったくないが、案内してくれた人もさぞかし当惑したことだろう。

私は、自分のつらい思いをひとりで持ちあぐね、田舎道を歩いていたときに、父をおいてさっさとひとりで歩き出してしまった。遅い父に悪態をついた。父は悲しそうに何か言った。そのとき70近い父には悪かったかもしれないが、どうしようもなく悲しく、苦しかった。

そんな私の苦しさを、父も母も誰も知ろうとはしなかった。それ以前も、それ以後も、誰ひとりとして。

4

その秋、東京オリンピックがあった。すべてをくだらないという思いが支配していたので、当然、大騒ぎのオリンピックもほとんど無視をしていた。10日の開会式の日はわざわざ映画を見に行った。それでも、東洋の魔女のバレーボールは見た記憶があるし、他にもいくつか目に入ってはいた。完璧に無視できるほど肝の据わった人間ではなかったのだ。何気なく少しは見ていたのだ。

そうしながらも、すべてのものをくだらないと、斜めに見ていた。一生懸命やることはナンセンス。伝統的な学校の合唱コンクールとか、ダンスコンクールでクラス毎にみんなで努力するなんてことは、とんでもなくバカバカしかった。いやいや参加した。

その学校の思い出は何もない。ただ、ときどき帰りにひとりで映画を見たりできたのが、中学時代に比べて格段によかった。名画座みたいなものがあって、映画はひどく安く見られた。

たまに遅くなって、夕食をひとりで食べることにでもなれば、ひどくほっとし、嬉しかった。そんなときに、母が私の向かいに座り、とめどなく話しはじめたことがあった。私が嫌な顔をし、横を向いていても話し続ける。私はめったに感情を表情にあらわさないのだけれど、心底おしゃべりをやめてほしかったのだ。でも気がついてくれない。母の嫌な点はと問われれば、即座におしゃべりと答えられる。母は口から生まれたのだ。

中学時代半ばから、私は母の話を聞き流すようになっていた。ふんふんと口先だけの対応をしても母は気づかず、話し続けるのであった。ほとんど私は聞いていなかった。

新しい家に引っ越して個室を得た私は、まもなく鍵をかけるようになった。誰も部屋に入れないようにしていた。

「やればできるんですけどね。どこでも内申書は書きますよ」

そう担任に言われたが、担任の言うような大学を受験できるレベルでなくなっていることは、自分が1番よく知っていた。勉強はしたくなかった。かといって、社会に出るのも嫌だった。自分が何をしたいのかわからない。

大学に行けば、きっと何かわかるのかもしれない。そんな考えで、入れそうなところをいくつか受験し、幸いなことに費用の安い国立大学に受かることができた。

合格発表前、結果に自信のなかった私は、滑り止めの私立大の入学金を、母に無理を言って出してもらうことにした。母は、何度も何度も、「国立が受かっていたら捨てることになるのよ」と言ったし、その私立に通うことになっても学費の当てがないことなど承知の上で、ただ、社会に出たくない、勉強もしたくない私は、4年という甘えを許された時間に逃げ込みたかったのであった。

1966～
1984

大学

1

大学に入って、私はさなぎが蝶になったような気分を味わっていた。これが大きくなるということなんだ、と思った。

ちょっと楽になれた。そんな思いを抱くことができた。

友達ができた。飲みに行ったりもした。せっせとアルバイトをしては、そのお金で旅行へ行った。サークルや学部の仲間と合宿に行った。

私の世界が外に向かったのだ。すごいことだった。

変われた理由は何なのだろうか。今もよくわからないが、毎日、夕食前に家に帰らなくてもよくなったということが大きな要因のひとつであったろう。解放感と言ったらよいだろうか。

自由に時間を使える。遅くなったり、旅行に行ったりできる。家を離れていられる。これはとても嬉しいことであった。

下宿したいと思い、必死に母に話したのだが、とんでもないと反対された。経済的に無理でもあったのであきらめた。大学の授業料以外をすべてアルバイトで賄っていたから、確かに無理であった。それに、私は、本当は依存心の塊であり、自立とはほど遠かった。

実は、中身は大して変わっていなかったのだ。上っ面のおしゃべりだけいくらかできたというだけのことであった。授業の話、教授たちのうわさ話、そんな類であった。でも、できたというだけで、実に画期的なことだった。

人と関わるのは表面だけで、ちょっとでも深くなりそうだと素早く逃げ出していた。自動的に回避していた。そんなことになっても、どうしたらよいのかわからなくて、ただ困惑するだけであったからだ。

勉強はしなかった。講義はすべて退屈で、よくわからなかった。わかろうともしなかった。私はほとんど眠るか、ぼーっとしているか、漢字を書いたりしていた。たとえば「そう」と読む漢字を片端から思い出しては書き連ねていくのである。そんなことばかりだった。

それでも、試験だけはそこそこにくぐり抜けていた。大学の評価はたいそう甘かった。下手に厳しくして留年でもされたら困るからかもしれない。ずいぶんとよい評価がならんでいた。

2

大学2年になって間もなく、自分の異常に気づく出来事が起こった。母が子宮ガンになって入院し、手術することになったのである。母にしてはめずらしく、ぎりぎりまで私に話さなかった。しばらくひとりで悩み、恐怖を抱えていたらしい。体重がずいぶんと減ったようだった。

母に告げられても、私は何も感じなかった。でも、何か言わなければいけないかと言葉を探し、適当に「お父さんとふたりで残されるのは困るわ」とだけ言った。

手術のときは、文庫本を持っていって手術室の前に詰めていた。予定より長くかかった、7時間にも及ぶ大手術であった。大変な手術であったらしい。その間も、私は何も感じなかった。

どうか無事にとか、死んだりしたら嫌だとか、長いけど大丈夫だろうかとか、そういった思いはいっさいなかった。祈ることもなかった。心に痛切に迫る思いが何もなかったのだ。どうなるのだろうとか、困るとか、疲れて嫌になるとか、そんな思いもなかった。

ただ、本を読みふけっていた。

私は変だ。そう思った。

何か欠陥があるのか、もしくはとんでもなく冷たい性格なのだ。私は異常だ。

見舞いに行っても、「何かいるものはない？」と聞くぐらいで間が持たず、いつも1、2分で引き上げていた。

手術のための血液が足りないと言われ、大学の仲間を頼って20人分ぐらいの血液を集めたりもした。その際「こんなところで礼を言うだけじゃなくて、喫茶店にでも案内してほしいな」とか言われたが、そんなところで知らない人と話をするなんて恐怖そのものだったので、なんとかごまかし、図書券を渡して早々に別れたのだった。

やっぱり私は変だ。異常だ。何かえたいの知れない人間もどきだ。そう思った。

3

卒業論文はお手上げだった。テーマというにはほど遠く、やっとのことで適当な題名だけはつけたが、内容は何冊かの本を抜き書きしただけのもので、言いたいことも何もなかった。自分には何の能力もないと心底実感した。昔の優等生の面影は消え失せていた。何よりまったくやる気がない。頭が働かない。理解できない。本当にわからないのだ。何の指導も受けず、提出日ぎりぎりにいい加減に書き上げて提出した。

よく卒業できたものだと思う。情けないやらおかしいやら、二度と思い出したくないことのひとつである。

就職を考えなければならない時期が来ていた。わが家は、私が働かなければどうしようもないことは自明だった。食べていくことの大変さは幼い頃から身にしみている。

でも、何をしたらよいのだろう。まったくやりたいことが思い浮かばなかった。小さいときと同じであった。私は一度も、大きくなったら何になろうと考えたことがなかった。

よく子供が他愛もなく、○○屋さんになるとか、スポーツ選手になるとか言うが、そんなことは思いもよらないことだった。想像もできないことだった。

何をしたらよいのかわからず、困ってしまった。職業訓練所だか就職相談所のようなところを探して、適正検査を受けてみたりもした。

「あなたは大変能力があるから、何をしても大丈夫ですよ。やりたいものをおやりなさい」などと言われて途方に暮れ、涙ぐんでしまった。相手の人があわてて、「きついことを言ったかもしれないけど…」などと言い添えていたが、耳に入らなかった。何だ、あなたはこれがいいですよ、とか言ってくれるんじゃないんだ。

何をしたらいいのだろう。中学までは体育を除く全教科、極めてよくできていたので、どれが得意ということもなかった。高校からほとんど勉強しなくなって、どの教科も真ん中あたりであったので、やはり何が得意ということもなかった。好きなものも何ひとつなかった。

結局、母が「教師だったら男性と同じ待遇だからいいのじゃない」と言うので、そうすることにした。誰かに決めてもらうしかなかった。自分では決められなかった。

就職口は小学校しかなかった。

実は、小学校の教師は嫌いだったのである。小学校時代の教師はえこひいきの塊で、かわいい女の子だけをかわいがっていて、その上、体の大きな子に抱きついていた。ある教師は性的ないたずらをしたし、今だったらとんでもないハレンチ教師ばかりであった。私を冷たく見ていた教師もいた。

小学校の教師なんて、ろくでもないやつばっかりだ。それが偽らざる実感であった。

そんな教師にしかなれないのか。他にやりたいこと、やれることがないんだから、教師にでもなろうか。完璧なデモシカ教師の誕生であった。

1970年〜1978年

1

小学校に就職した。心の底では嫌だと思いながらも、そこは批判に耐えられない私である。軽い注意ですらものすごい衝撃を受けるので、人に批判されないよう、細心の注意を払って仕事をしていた。つまりは良心的というか、必要最低限度はおさえていたのだ。笑顔を作り、言われたことは素直にやる。けっしていい加減にはやらなかった。一生懸命やった。

でも、社会人としてしっかりした意識を持って仕事に向かっているか、と問われれば、否と答えたであろう。私は小学校教師をかりそめの姿と感じていた。アルバイトをしている感覚であった。本当の自分ではない。いつの日か本当の自分になれるのではないだろうか、と思っていた。

かねがね自分を嘘っぽいと思っていた私は、自分の名前に本字を使うのが嫌だった。だから「彌」という字を使わず、略字の「弥」を使っていた。書くのが面倒ということもあったが、自分が嘘くさくてたまらなかったのだ。

からっぽの私は、いつ自分と出会えるのだろう。それこそ、大きくなったら何になるのかな、という感覚であった。大きくなる日はいつ来るのだろうか。ずっとずっとそんな感じを抱いていた。

大きくなったら何になろう?

職場はほとんどが中高年であり、半数が男性であった。若いというだけで私はかわいがられた。何もできなくても、言えなくても当たり前に受け止められ、そばにいればそれだけでOKであった。私にとっては最高の環境であったといえる。私は大事にされ、かわいがられ、そこでエネルギーをもらえたのだった。だから、ちょっと見にはたいそう生き生きとして見えたことだろう。

午後、都合で授業がカットになると、子供以上に嬉しかった。いかに私が気力をふりしぼって子供たちに対していたかということである。人と関われない私が、子供たち相手によくやってきたと思う。

子供たちとの間には、道具が介在していた。教育、あるいは教材という名の目的と手段がそこにはあった。伝えるべきこと、やるべきことが明確に示されていた。だから、何とか勤まったのである。

自分がおもしろおかしく話せないことを承知していたので、子供たちの巧まざるユーモアを尊重して、みんなで笑い合ったり、また子供たちの好きなゲームをやったりしながら、楽しさを感じさせる工夫をしていた。精一杯よい教師を頭で考えながら演じていたのだった。

でも、ときおり心が落っこちる。午後、その場にいたたまれなくなったりすることがあった。そうなると、ほとんど幽霊みたいな気分になる。この世に存在する足がかりがないような、たまらない気分になる。とてつもなく空虚だ。

そんなとき、郵便局に行く、とか言って学校を出て、喫茶店などでぼーっとしたりもした。それで気分がよくなるわけでもないのだが、とにかくその場にいたたまれなくなるのだった。

かわいがってくれていた年輩教師のひとりが、あるとき「やえちゃんの興味は奈辺《なへん》にあるのだろう?」と私に言った。

奈辺という言葉の響きが新鮮で心に残っている。その教師は私の何かを、うっすらと嗅ぎ取ったのかもしれない。にこにこしながら話を聞き、相づちは打っても、私はすべてのことに興味がなかったのだ。まったくみごとに。


毎日、多くは職場の人たちと遅くまで遊んだ。スポーツをやったり、飲み歩いたり、麻雀をやったりした。午前様の日も多かった。ただそばにいればいいだけなのだから楽であった。ただいるだけで喜ばれていた。スケジュールが1日でも空くと、いたたまれない気分に陥った。必死に手帳を埋めていた。どうしても埋まらない日は、長電話をしたりした。ほとんどはうわさ話か、教職に対する批判や愚痴めいたことなどであった。

夜中、母が起きて待っているのが嫌だった。帰宅したのを知られるのも嫌であった。子供のときから、母に家の出入りを見られるのすら苦痛であった。母の視線。それだけで心と体がすくむのだった。

道の向こうから母が来るとわかると一瞬硬直し、さっと横道に隠れてしまう。できるだけ母に見られないようにしていた。家に入るのも、そっと、わからないようにと思っていても、小さな家だからわかってしまう。

「もう大人なんだから、起きて待っているのをやめて」と頼んだが、今度は母が寝たふりをしているのを私が感じ取ってしまうので、結局同じようなものだった。

2

給料をいただくようになり、家にお金を入れるようになった。母は心から喜び、心から感謝する。母はとても単純で素直なのだ。

家族旅行も1、2度行ってみた。房総の方に行っただろうか。母とお風呂に入ったり、一緒の部屋で枕を並べて寝たりするのが苦しかった。そばにいるのが苦しくてたまらない。嫌でたまらない。

私は、自分は非常に冷たい異常な人間だと自覚し、親に対して私にできることはお金を出すことしかないのだと思った。その後、父と母のふたりで旅行に行くように勧め、せっせとお金を渡した。ひとりで留守番をするほうがよっぽど快適であった。私はよく覚えていないのだが、ふたりで幾度も旅行に行ったらしい。

そう、私は母がそばに立ったりすると息ができないような感じがしていたたまれなくなるのだった。成人式のために母は着物を仕立て、さらに金糸銀糸で刺繍をしてくれた。信じられないような手の込んだものであった。ありがたくすばらしいことなのだが、母に着物を着せてもらうということは、間近に母が立つことなのだ。息がかかるところに母がいる。それが苦しい。

息を詰めて耐え、2度ほどはその着物を着ただろうか。もったいないことにもうそれっきりだった。

台所にも一緒に立ったことはない。母の体が近くに寄るのが耐えられなかったのだ。息ができない。

学校でサンドイッチを作ったことがあり、私は家でも作ってみた。ジャムをはさむくらいの簡単なものだったが、父と母がとても喜んだ。だが、その喜ぶ顔が、なぜかとても嫌だった。

あんまり嫌で、私は、二度と作りたくないと思ったのだった。私の心も知らないでいるような人たちを喜ばせるなんて嫌だと思ったのだ。
というわけで、私はほとんど台所に立たなかった。だから料理は何もできない。

3

就職して5年目の夏、私は1ヶ月間外国旅行に出かけた。このときの旅行は楽しかった。人生のなかで1番楽しかった。友達とふたりだけで列車を乗り継いでヨーロッパをまわった。その友達に強く誘われたのだったが、私も、あまり人のやらないことをやってみたかったのかもしれない。

行くまでが大変であった。父も母も大反対であったが、母は、私を味方につけておきたい心もあり、最終的に折れてきた。そうなれば、父の反対などはどうということもない。

羽田に行くモノレールの乗り場まで母はついてきた。くしゃくしゃの惨めな顔をして、切ないという思いを全身にあらわしてついてきた。楽しんでおいで、などと明るく送り出す風情はまるでない。私は、ひどく悪いことをしているような気がしてつらく、自分が惨めで、顔が上げられなかった。

しかし、飛行機が飛び立ってしまえば、家のことはまったく念頭になくなった。行く先々がすべて美しかった。その友達はとりたてておしゃべりする必要はない相手で、ある種楽に過ごせたのだった。会話は、食べものと景色のことで十分だった。

3、4ヵ所のホテル宛に母から手紙が届いた。見なければいいのに、小心者の私は封を開いてしまう。その度に、たまらない気分になって落ち込むのだった。月を見てはあなたのことを偲んでます、といった類の、情緒連綿とした、ねっとりとしがみつく言葉は、たただだ不快なだけであった。まるで蜘蛛の糸に絡めとられるような気分であった。

でも、旅行中の1ヶ月間は、本当に楽しかった。帰るのが嫌で嫌で、ずっとそこにいたかった。羽田に着いた途端、日本のじっとりとしめった生臭いようなにおいと共に、ねっとりとしがみつく母のいる世界に帰ったことが実感されて、嫌でたまらなく、どっと落ち込んでいった。日本は灰色であった。

旅行の間、父は心配のあまり、酒を飲み過ぎ倒れた。出血が鼻から出たから、大事にはならなかったのだという。高齢の親がいる人は外国なんか行っちゃ駄目よ、などとも言われた。父という人は、私がそばに居さえすればそれでよいのだった。

私が自由に楽しく過ごせたのは、この旅行が最初で最後だった。それはまさしく現実逃避だった。本や、テレビの世界に逃げ込んで、その一瞬、現実から離れて息をつける。その拡大版だったのだ。

4

20代の終わり頃、母が不意に2階に上がってきたことがある。たまたま私は部屋のドアを半分ほど開けていた。夕暮れで薄暗かった。母が突然部屋に侵入してくるように思えた私は、恐怖のあまり悲鳴をあげた。そしてパニックになり、母に「部屋に入ってきた!」などと言って責めたてた。

同じ頃、車の免許を取った。車庫入れのため右にハンドルを切りながらバックしていたとき、そばにいた母の足に車をぶつけてしまった。足はみるみる腫れあがっていった。幸い打撲だけで済んだが、買いものや台所に立ったりできない。私が食事の支度をすることになった。

買ってきたものを並べる程度のことで、たいした労力ではなかったのだが、苦しくてたまらなかった。父と母はにこにこして、何でもおいしいと言って食べるのだが、つらくて苦しくてその場にいることが耐えられない。いっしょにいること、母の笑顔を見ること、どちらも嫌で嫌で、母のけがが治るまで2週間ほどであったろうか、たまらない思いで過ごしていた。母にけがをさせたことよりも、自分のつらさばかりがつのっていた。

私はなんて冷たい人間だろう。なんて嫌な人間だろう。とてつもなく異常だ。

いつしか私は、酒で人生をごまかしていこうと思うようになっていった。父のように。

父は私の知る限り、お酒だけの人であった。社会人としての責任感とか、親としての自覚とか、そんなものとは無縁であった。

父は私が幼稚園に入る前の年に55歳の定年で仕事をやめた。働いてくれるよう母が泣いて頼み、祖母も、子どもがまだ小さいのだから、仕事を見つけてほしいと手をついて頼んでも、頑として働こうとしなかったそうだ。

「お母さん。定年退職というのはどういう理由であると思いますか。長い間ご苦労様ということでしょ。今後の生活はこれ（母）が面倒をみますから」と、父は祖母に言ったそうだ。

それ以前もそれ以後も、父はほとんど酒びたりであった。大人になれなかったままであったのだろう。母は一升ビンを必死で隠し、父はそれをあっという間に見つけだす。小学生時代はお酒隠しに私も駆り出された。放っておけば、父は1升を2日くらいで空けてしまう。日々、飲んでは小言を言いはじめる父と、大声で言い返す母の間で、私は下を向き、ただひっそりとしていた。

お酒がいつもいさかいの中心であったのに、どうして何の抵抗もなく私はお酒を飲むようになったのだろう。

大学時代、外でお酒を飲むと心が軽くなったように感じ、ずいぶんと楽に人と過ごせた経験が、お酒に向かわせたのだろうか。

姉が来宅したときなども、酒の力を借りるといっとき明るくはしゃいだりできる。

「やえはお酒を飲むと楽しいのよね」と言われたりもした。

酒は私をいつもと違う人間にしてくれるのだ。

それに、自分の異常さや苦しさと常に素で向き合うのは、あまりにも耐え難かった。勤め始めたときには毎日飲むことがあたりまえになっていた。当初、ビールの小瓶くらいだったのが、いつのまにか大瓶となっていった。2本飲むこともあった。

苦しさは、飲んでいるといっとき忘れられるような気がした。酒でごまかしてやっていこう。逃げていこう。私の人生はそれでいい。父だってそれで長生きしているじゃないか。

家では、息を詰めるようにして暮らしていた。外では遊び歩いているように見えただろう。でもそれは、やっとのことでバランスをとっていただけのことだった。そんな日々、お酒とたばこは苦しい自分から少しでも逃げるための欠かせない道具だった。

たばこはちょうど20歳になった日に始めた。空虚な心はけっして埋まらないのだけれど、少しは埋まるような気がして火を付けてしまうのだ。ぼーっとしながら1日10本くらいは吸っていただろうか。

しかし、人前では絶対吸わなかった。注意や叱責を極度に恐れていたのだ。もちろん父も母も気づかなかった。

いつの頃からか、私は早朝が好きになっていた。母の気配のない朝は、自由に息をつけるように思えた。私の部屋は東に窓があり、その先はさえぎるものもなく、どこまでも大空と田畑が広がっていた。白鷺が乱舞し、牛蛙が鳴いている。遠くに丘陵の森が見える。朝日の昇る前の少しずつ色の変わってゆく時間が好きだった。ただぼんやり眺めていた。

そして、母が起きる前に朝風呂に入った。私は自分が何かしているところを母に見られるのが、とてもつらいのだった。母に知られないうちに、階下での行動はなるべく済ませておきたいのだった。

1978年〜1984年

1

8年勤めて異動した。新しい職場は、いままでとは180度異なる学校だった。若い人が多く勤め、組合主導で運営されていた。中心になる人々が7人くらいいた。皆弁が立ち、代わる代わる主張されると誰も太刀打ちできない。校長もノイローゼのようになり、2年で異動したくらいの所だった。

その雰囲気になじめなかったし、組合に対する考え方の違いで、口も聞いてもらえなかったりもした。

考え方の違いといっても、私にさしたる考えがあるわけではなかった。組合に入らないという新採に挨拶をしないのは、大人げないのではないかと言っただけなのだ。しかし、そう言ったことで冷たく扱われたのだった。

その頃、組合はふたつの勢力に分かれていて、たまたま私はその学校の主たる派閥とは違う派であった。私には思想的なことや主張すべきことなど何もなかったし、まったく興味がなかったのだが、前任校で多くの人が入っていたので、自動的に組合に入っていた。それだけだったのだが。

30歳になっていた。これまで人に好意を持ったこともあったが、その感情とうらはらの自分が常にいた。一緒にいたいと望んでも、共にいることは苦痛なのだ。何しろ他人といると頭のなかが真っ白になって、ほとんど言葉が出ない。特にふたりでいるとごまかしようがない。もとより結婚などは考えられもしなかった。

自分の底知れない病理がさらに深まり、それが異動と重なった。職場にもなじめず、鬱のようになった。毎日出歩くこともなくなり、家でひとりで飲む酒の量が増えていった。朝、出勤するのが苦痛で、酒を飲んでやっと出かけたこともある。すでに飲むのはビールなどではなく、毎日焼酎やウイスキー、それもボトルの半分ほども飲むようになっていた。

異動して1年目に関わった子供たちにはずいぶんと迷惑をかけてしまったのではないだろうか。子供たちひとりひとりに気持ちを集中できなかった。学校にいることがつらかった。

2年目に入ると、子供たちと過ごす時間はだいぶ充実したものとなっていった。だが、中堅と言われる年代に入り、職場でそれなりの役割をこなさねばならないようになって、どんどん苦しさが増してきていた。仕事は授業だけではない。真っ白な何もない自分を隠しながら、前例や参考書を頼りに何とかやっていた。

何に対しても自分の考えなどはなかった。何の言葉も思いつかなかった。頭のなかは常に真っ白であった。会議での発言など、思いもよらぬことだった。意見を求められたらどうしようとびくびくしていた。常に何もなかったからだ。何かをとりまとめたりすることも不得手であった。ただ決まったことには従うというだけのことであった。

私は、人とか物事に関する記憶力がほとんどなかった。人の話を聞いても、ただ通り過ぎていくだけだった。私は何にも興味、関心が持てなかったのだ。

人と何かしら話さなければならないとき、私は頭のなかが真っ白だったので、必死にいい加減なことを話すこともあった。まるで見当違いのことを言ったり、人を傷つけることを言ったり、嫌な思いをさせたり、そんなことも多かったと思う。なんとか場をつなげるのは悪口とかうわさ話の類であったから、嫌な思いを抱いたり、変な人だと感じて離れたり、そんなこともあっただろう。私は人に見捨てられるのに慣れていった。前任校で親しいつもりでいた同年代の人や、何度か旅行に出た大学時代の友達から突然連絡がなくなるなど、そんなことが何回かあった。

何でもない会話ができなくても、必要な用件だけは苦もなく話せるのだった。事務的なことはずいぶんと自由なのだった。人の話を聞くことも得意といえるかもしれない。たいがいはうわのそらだったが。

同じ子供たちと2年間も関わるのは罪に思えた。人間的な関係を深めることへの恐怖のようなものもあった。関わりはできるだけ浅く、短くしたい。関わっている期間は、自分なりのベストを尽くし一生懸命にやるが、その間のことだけにしたい。そう思うようになっていた。何もかもを一期一会にしたい。

同じように職場も、できるだけ人と関わらずに次に変わっていきたいと思うようになっていた。それに、いつも新人のような顔をしていたかったのだ。重い責任をもつことがこわかった。

長期の休みにはひとりで旅に行くこともあった。一緒に行く相手はいなくなっていた。どこへ行っても空虚でたまらなかった。感動などとはほど遠い。心が空っぽで、結局はただその時間と場所を何とかしのいでいただけであった。

八ヶ岳の近くの山にひとりで行ったとき、野の草を見ながら思った。同じように芽を出しても途中で枯れてゆく草もある、私も同じだ。花を咲かせたり、実を結んだりせずに、立ち枯れてゆく草もあるんだ。たまたま私もそうであっただけのことなんだ、と。

ずいぶんと昔から、特技を作ろうとか、趣味を持とうとか、仲間を作ろうとか思っていた。思っていたというより、憧れていた。様々手を出してはみたけれど、ひとつとして続いたものはなく、仲間もひとりとしてできなかった。私は大抵のものは努力しなくてもそこそこできてしまう。だが、やがて何にも興味のもてない自分、空っぽの自分、人と関われない自分に直面し、何もかもつらくなっていくのであった。

大学時代にできたような気がしていた友達も、あいまいな霧のなかにかすんでいったようだった。

2

父は次第に弱っていった。耳の聞こえが悪いための通院や、持病の泌尿器科への通院をしていたが、足が少しずつ衰えていった。81年の暮れ、父は85歳、私は34歳になっていたが、父は、それまでかろうじて日課としていた散歩に出なくなった。「大儀じゃ」と言って、ほとんど寝たきりに近くなっていった。家のなかをやっと伝い歩くくらいで、風呂も介助が必要となった。

それまで行っていた母との旅行もできなくなった。

そんな父に対して、私はおもしろいことを発見した。私は父に優しかった。母が旅行に出ている間、私は父の世話を喜んでやったのである。食事の支度はもちろん、風呂にまできちんといれ、世話したのであった。

82年の暮れに、父は大便が出なくなって、救急車で病院に運ばれた。1週間くらいの入院であったが、母と私は交代でつき添い、父の摘便も体験した。翌年、父は、ある病院に尿道の結石を取る最新の機械が入ったということで、その病院に入院した。結石を取ることには成功したが、2、3日後に出血し、結局、体中の穴から出血するようになり、意識がなくなった。4月はじめに亡くなった。

ご臨終○時○分と医師が言った後、父は酒が好きだったからと、末期の水の代わりにお酒で唇を湿した。父はそのお酒を飲んだのか、驚くことに、心臓がもう一度動き出したのだった。医者はあわてて心臓マッサージをはじめたが、やがて心臓は止まった。酒に生きた父の父らしい最期であった。

父の葬儀が行われた。私はずいぶんと動き回った気がする。寺に交渉に行ったり、通夜の席で、全神経を張りつめて気を配ったりしていた。母は、古い友達のところで話し込んで動かない。

出棺のときに、涙がぽろぽろとおそろしいほどこぼれた。しかし、悲しいという気持ちではなかった。変な感じがしていた。涙だけが私の知らないところで出ていて、止まらないのだった。

父の通院のとき、よく車で送っていったのだが、そのときも心が空っぽな妙な感じを抱いたものだった。病院のトイレの鏡を覗きながら、自分の顔を気味悪い思いで眺めていた。私って何なの。何も感じない私ってどうなっているの。

父は大往生といってよかった。さして苦しまずに逝った。

3

父が逝ってまもなく、家が雨漏りをするようになって、建て替えることになった。2階建てなのに、ちょっとした雨でも階下の天井から雨がほとばしり出てくる。家は一応注文建築であったが、建売業者があっという間に建てた粗悪な建物であったのだ。建築現場をまったく見ていない、お任せであったのでかなりひどかったようだ。

家を建てるにあたって、私はまともに家のことを考えられなかった。建て替えるということだけは決めていたものの、母と一緒に住みたくなかったのだ。せめて2階を外階段にして出入りを別にしたい。

そんな思いだけがぐるぐると頭を巡り、しかし世間体や予算に阻まれて、逡巡していた。もうどうでもよくて、設計などろくに考えもせず、適当に家を建ててしまった。できるだけ、母の気配を感じないようにしたい。それしか頭になかった。実におおざっぱでいい加減であった。

建てる間、母と小さな家に移り住んだ。母はふすまを隔てた私の隣の部屋に寝ようとしたが、それすら私は耐えられなかった。寝息が聞こえそうなほど近くに母がいるのはたまらなかったのだ。無理やり、母を荷物でいっぱい階下の部屋に追いやってしまった。母は、昔から私の言うことに無条件で従うところがあった。だから、なんということもなく、上と下とに別れることができたのだった。

それでも、小さな家で密着するように暮らすのはつらかった。

このときはコップ酒をよく飲んでいた。夜、窓から夜空を眺めながら一升ビンを置いて、くいくいとコップを空けていた。

また、土地を巡るトラブル、建ぺい率、契約日数などの問題で、業者と談合を重ねることが多かった。業者との交渉の度に、私はしらふでは行けず、コップ酒をあおってはその席に望んだのだった。母は、そんな私を当たり前のようにして見ていたし、むしろ飲むのを奨励しているような節もあった。私が「一杯飲んでいくわ」と言うと「そうよ」と言いながら、コップに酒をついでくれる。出陣前の儀式のようだった。

母と私はある意味、ふたりで一人前でもあった。母は土地問題に詳しいので役所や隣人と戦い、私は業者との交渉を引き受ける、といったような形で役割分担ができていた。

この一連の経過を通してみて、私は自分のずるさ、汚さ、えげつなさなどに否応もなしに対面した。少しでも有利に運ぼうとして業者から念書を取ったり、ささいな契約違反をたてに賠償金を得ようとしたりした。また、なめられてたまるかという思いでいっぱいであった。そして、そんな自分を嫌悪していた。

それらも含め、酒なしにはやっていけなかった。

4

現実に直面するときがきた。家は建った。が、貯金は0で、借金ン千万円、ローンが35年という自分と出会ったのだった。父は一銭も残さなかった。すべて、私の貯金と借金で建てたのだった。

家が建ってしばらくたった84年の夏、37歳になろうとしていた私はパニックになっていた。好きでもない仕事を60歳までやらなければならない。それでもローンは終わらない。母がいなければやっていけないのに、母との現実がつらい。

ふたつの思いに引き裂かれていた。パニックであった。その頃には、もうお酒しか口にしなかったといってよい。2学期が始まったが、学校での昼の給食もほとんど手をつけられなかった。秋口から、みるみる私はやせていった。

12月の終わり頃、ドライブに行った私は、運転するにも関わらず、昼食のとき、ビールを飲まずにいられなくなっていた。愕然とした。

私はアル中になっていた。

1985～

1991

1985年

1

私はアル中になった。それを自覚した正月中、パニック状態であった。どうして私が…私はどうなるの…私はどうすればいいの…。

チアノーゼというのか、夜、手と足の指先が紫色になることもあった。酒で人生をごまかしていこうと思っていたのが、早くも酒に裏切られたのだった。

いったん飲むと、次から次へと飲まずにはいられなくなる。吸い込まれるように、ビールが焼酎がのどを通っていった。体中がアルコールを要求している。私は1本の管となって、ただただアルコールを流し込んでいた。アルコールが切れると手がふるえる。

唯一、私の状態を知っている友人のKさんに何度か電話した。Kさんは、知り合って十数年になる。遠くへ行ってみたいというお互いの思いが一致したのか、この数年何度かドライブに出かけたりした。暮れのドライブで一緒だったので、それで私の中毒のことを知ったのだ。が、忙しい生活を送っているKさんは、いつもすぐに電話を切ってしまう。3度目の電話のとき、Kさんは言った。

「自分の置かれている状況を冷静に見極めること。そして何をすればよいのか自分でよく考えて、自分で行動すること」

その言葉は、私には非常に冷たく聞こえた。だが、彼女の言うとおりなんだと思った。この言葉は私の心に深くしみとおり、それからの私の行動指針となった。

それはまず、新聞社に電話することからはじまった。家で取っていた新聞の家庭欄担当者につないでもらい、家の者がアルコール中毒になったのだがどうしたらよいのだろうか、と問い合わせたのだ。

担当の人は親切に、断酒会というものがあると紹介してくれた。その断酒会に電話すると、まず病院に行ってみなさいと勧めてくれた。勧められたうち、近い方の東京の病院を訪ねていった。西武線の駅を降りて歩いていった。寒い曇った日であった。冬枯れの木立だけが印象に残っている。

そこの外来で話をした。私がアルコール中毒の本人であると言うと、ひどく驚いていた。まだ若い医師であったが、とても丁重に扱ってくれた。そして「ここはあなたのような人が来るところではないですよ」と、アルコール中毒や摂食障害などを専門に扱う施設を紹介してくれた。私の症状がアルコール中毒でなく、アルコール依存症だということもそこで教わった。

2

帰宅後、教えてもらった専門機関に電話し、予約を取った。そこは女性専門であったのか、スタッフはみな女性ばかりであった。

やはり、私がアルコール依存の本人であり、ひとりで来たと言うと驚いていた。ほとんどの場合、本人はなかなか来ないのだという。まずは困り果てた家族が相談に訪れるのだそうだ。

最初に、予備カウンセラーという人が担当になって、いろいろ話を聞いたり、各種のテストのことを説明してくれたりした。そしていくつかの心理テストを実施した。ロールシャッハテストとか、言葉に続けて文章を作っていくものなどであった。週1回通った。非常に高額な料金であったが、背に腹はかえられなかった。

断酒することになり、ある病院をたずねて、酒を受けつけなくなる薬をもらった。その病院の医師に「後の問題は人間関係だね」と言われ、意味がさっぱりわからないまま「はい」と答えたのが強く心に残っている。

もらった薬を飲んで自分がどんな状態になるのか見当もつかなかったので、学校には、風邪を引いたと言って休むことにした。

いよいよ飲む前日のこと、母が薄ら笑いを浮かべながら2階の部屋に来て、お歳暮にもらった缶ビールセットの箱を差し出し、「もう飲めなくなるんだから、好きなだけ飲んだらどう?」と言った。愛情のかけらも感じられないその言い方が悲しかったが、私はしっかりそれを飲んだ。外国製のビールの詰め合わせであった。いくらでもつるつるとのどを通っていった。1月末のことである。

母は、専門機関に通い始めた1月半ば頃に、私がアルコール依存症に陥った事実を知った。Kさんがひそかに母を訪ねたのだった。Kさんはそのときの母の対応を怒っていた。せっかく娘の大事を伝えに来たのに、母は出かける予定のためそわそわと落ち着かず、まともに聞こうとしなかったそうだ。

それでもその夜、帰宅した私に、母は怖い顔をして、

「そこに座りなさい」

「Kさんに聞きました。どういうことなの！」

と詰問してきた。

どういうことなのと聞かれても、私にもどういうことなのかわからない。私はただただ小さくなって「ごめんなさい」と言うだけだった。

薬を飲んだ後、大事をとってベッドに横たわってはいたが、別段変わったことはなかった。震えもなくなんともなかったが、本当に風邪になってしまい、2、3日寝込んでしまった。学校から様子を問い合わせる電話があったので、熱でふらついていたのを無理して

出勤した。

その後、アルコールはいっさい口にしなくなった。

最初に出た反応は、母の目を見られないというものだった。その症状は2ヶ月ほど続いた。まったく母を見ることができない。母に対して何か話さなければならないときに、口から出るのはぎこちなくたどたどしい言葉であった。下を向きながら、一生懸命母に説明した。

「いま、顔を見れないけど、ごめんね、どうしてだかわかんないけど、こうなの」

しかし、母以外には普通に話せるのだった。話せるといっても、すべては単なる風景のようで、実感のないままパクパクと口を動かし体を動かしていた。そして深い鬱となっていった。

週1回通っている専門機関では、グループで話し合うことが大事だと言われ、数回分の高額な費用を払って、グループセッションに参加することになった。

1度で挫折した。

女性ばかり7、8人いたグループで、最近あったことを順に話すよう言われた。話し終えて、話の苦手な自分にしてはいい話ができたと思った瞬間、世話役の若いカウンセラーが高らかに言い放った。

「みなさん、今の話聞いた？　情緒がないでしょ。この人情緒が欠如しているのね」

そこからどのようにして帰ったか覚えてはいないが、もう参加する気力は残っていなかった。

そして、当初ついていた予備カウンセラーから、いよいよ主カウンセラーの担当となった。

主カウンセラーは私にロールシャッハテストを実施した人であり、ずいぶんと偉い人のようであった。ロールシャッハテストの結果は、心がフォールスセルフとトゥルーセルフにきれいに分かれていて、エネルギーが枯渇し、統合は非常に難しいというものだった。

そうしてカウンセリングがはじまったが、それは2度で挫折した。

私にとって、そのカウンセラーはとにかく厳しくこわかった。にこりともしないその人は、「どうしてあなたは言うことに従ってばかりいるの」などと詰問する。何か答えなければ許されない。2度目には行くのがつらく、5、6分遅刻したら「なぜ遅刻したの？」とまた詰問された。理由をとことん追求され、何やらもごもご言った記憶はあるが、もうその次は行けなくなった。

こうして私は、やっとたどりついた専門家のもとを離れ、またひとりとなった。それと同時にお酒を飲めなくなる抗酒剤も飲まなくなったが、お酒を口にすることはなかった。通いはじめて2ヶ月あまりたった3月のことである。

3

4月、私は異動し、新しい学校に通うことになった。そして、再三断ったにもかかわらず5年生の担任となってしまった。この5年生には1番申しわけないことをしてしまったと思う。そのときの私はすさまじい鬱であった。心も体も鉛のように重い。学校に向かう車を路端に止めて、何度泣いたことだろうか。ぽろぽろと涙があふれてくる。行きたくない。

やっとのことで出勤し、なんとか普通の顔をして仕事をしてはいるが、休み時間や空き時間には、トイレや空き教室で膝を抱えて座り込んでしまう。体ごとどこまでも地の底に吸い込まれるような感じであった。最もつらい1年であった。

当然学級経営はうまくいくはずもない。クラスは荒れた。ひどく荒れた。授業中私語がなかなか絶えなかったり、私が黒板の方を向くと、教室中に消しゴムの切れ端が飛び交ったりしていた。そして頻繁に騒ぎが起こっていた。


こんな状態でありながら、池袋で心理学講座が週2回開かれているのを知り、4月からそれに参加することにした。アルコール依存の原因が、自分の乳幼児期にあると思われたので、調べようと考えたのだ。はじめて真剣にノートを取った。

しかし、講義が終わって、夜、電車に揺られながら帰るとき、「このまま電車に飛び込んで死んだらどんなに楽かなあ」と、よく思ったものだった。

その講座には1年間通った。


専門機関を離れた私が、鬱のつらさを話す相手は母しかいなかった。その頃には、ようやく母の顔を見られるようになっていた。

5月に入ってまもなく、私は母に言った。

「もう、つらくて仕事を続けられない。ここを売って田舎に引っ越そう。そうすれば暮らしていけるかもしれない」

母は即座に言った。

「そんなことはできない。私はここでしか暮らせない」

この通りに言ったのだ。今でもありありと覚えている。私にとってこの言葉は非情すぎた。2階に上がって泣いた。長いこと涙が止まらなかった。

「幼稚園のとき登園拒否したでしょ。あのとき専門家に相談していたらこんなふうにならなかったね、きっと」

と私が言うと、母は、

「そんな時代じゃない」

と、切って捨てるように言うのだった。

こうも言った。

「こうして私が明るくしているからこの家は救われるのよ」

「一瞬あなたのことを思ってもすぐにけろっとするのよ」

母はよく出歩き、よく人を家に呼んで歌い、しゃべり、さわいでいた。

そして、私のことを「四十女のくせに」とか「四十女が」などとさげすむように言うのだった。人にも同じように言った。

母は、いつも即座に断言する。

「そうねえ」とか「本当ねえ」などの相づちがあったら、どんなに私は救われていただろうか。あるいは「どうして?」などの問いかけがあったら、私の気持ちはずいぶん違っていたと思う。しかし、現実は母の言葉の後、いつも私は下を向き、黙り込むだけなのだった。


8月半ばのこと、私がまた鬱の苦しさを訴えた。

母は言った。

「いつまでもくだくだと同じことを言ってどうするんだ。私はもう古希なんだよ。世間様では大事にされる年なんだ」

この言葉は私の心に突き刺さった。

それから、死ぬことばかり考えるようになった。母と目を合わせられない。どうやって死のうか。死ぬ方法をいろいろ考えた。1番心惹かれたのは青木ヶ原であった。

2週間ばかり死だけをみつめていたが、ある日、死ぬ前に母から一度離れてみようとふと思い立った。一度試してみよう。

隣駅のそばに小さなアパートを借りて、ほんの少しの荷物を運び、住むことにした。このとき、姉がいろいろ面倒を見てくれた。「あんまりお金がなくて洗濯機しか買えない。ごめんね」と言ってくれた。

この家出のとき、母に手紙を書いた。困ったときにはこの人に相談しなさい、というようなことまで細々と書いた。私と母の関係のあり方がよくわかる。

だが、アパートには結局翌年の3月まで7ヶ月間しかいなかった。そのアパートは駅には近いものの、風呂はなく共同便所がひとつある小さな寒々としたもので、そこにいるだけで気分がめいってしまうような部屋だった。お金のない私が何も調べずに飛び込んだのは、そんなところだったのだ。

そのうえ、別居しても鬱には変わりなかった。

大きな借金を抱えたままであった私は、家に戻ることにした。

月に十数万円支払っていても、ローンの元金はまるで減らないのだった。払ったのは利子分だけだった。別居したことで、死のみを見つめていた心がそらされた私は、ローンを返すため仕事を続けるしかなかった。

1985年、38歳になったこの一年は1番つらかった。でも最もすばらしい一年だった。アルコール依存症になってよかった、と、心から思えたのだ。

1月、初めて訪れた専門機関で心理検査をするうち、私の心のありようが養育過程で形成されていったとわかったからである。心理学教室に通ううち、物心ついてからずっと生きるのがつらかった理由は、私の乳幼児期に母から受けた言動が原因だったとわかったのだ。

今まで何と嫌な性格なのだろうと、自分を嫌悪し、責めたて、また苦しさのあまり酒に逃げて、生きることを放棄していたのが、そのすべてに別の理由があったとわかったことはすばらしいことだった。生まれつきのものでなく後から与えられたものならば、治すことができるのではないだろうか。

もうひとつ、大きな変化が私の心に起きた。人っていいものかもしれない、と、人を素直に見ることができるようになったのだ。

荒れた私のクラスに、学校の多くの人が手をさしのべ、助けようとしてくれた。落ち着かないクラスの子供たちに話をしてくれたり、よく騒ぎを起こす数人の子供たちを叱ったり諭したりしてくれていた。

そして、だれも私を責めたりしなかった。みんな温かかった。

この年は真の私の誕生といえるかもしれなかった。

はじめの一歩！

1986・87年

1

この年、私は旧知の大学教授と会うことにした。以前担任していた3年生の児童が不登校になったとき、その児童の治療にたずさわった大学教授だ。不登校の児童は、乳幼児期をうまく通り抜けられなかったため、学校に来られなくなったのだという。

「つまづきのあった時点から、母親に育てなおしてもらっている。今は、赤ちゃん扱いしてもらっている」

「今は、ひとりで留守番できるようになった」

などの説明を、何度かしに来てくれたことがあったのだ。

私もその児童と同じだ、という思いが私を突き動かし、その教授に連絡を取って、会ってもらうことにしたのだ。いろいろ話し、ロールシャッハテストの結果も見せると、教授は「本当はあなたは何もしないでいるのが1番いいのよね」と言いながら、あるカウンセリングセンターを紹介してくれたのだった。

カウンセリングセンターに月に2回通うことになった。担当は若い男性カウンセラーであった。私はうつむいてぼそぼそとつらさを訴え、そしてその人はただテープレコーダーのボタンを押すだけだった。ただそれだけだった。

「なんなんだ、これは」と思いながらも、他に頼るすべのない私はずるずると通った。

併設されている医院で抗鬱剤を何度か処方されたが、さほど効果がないうえ、口が重くなってしゃべりにくく、仕事にさしさわりが出るのでやめてしまった。睡眠薬だけをもらうことにした。たまに飲んでいたが、多くはため込んでいた。いつか大量に必要とする日が来るかもしれないと思っていたのだった。今の薬は100錠くらいでは死にませんよと聞かされていた。死を思い詰めてはいなかったが、相変わらず生きるのはつらく苦しく、漠然とながら、死は遠い甘美な誘惑であった。

私はできる限りのことをやった。

何冊も専門書を買い、研究した。ロールシャッハテストの分析と症例、人格障害、境界例の解説と事例集などである。

不登校の3年生の例が強烈に心にあったので、母に添い寝をしてくれとか、赤ちゃん扱いしてくれとか要求した。しかし、形ばかりやっても何の効果もないことだった。ひそかにほ乳瓶を買ってきた。牛乳を入れて、幼児語でしゃべりながら飲むと、すっとするような気がした。2、3ヶ月ほどはやっただろうか。うさぎのぬいぐるみを買ってきて、うさこちゃんと名づけ、幼児語で話しかけたりもした。

鬱な気分が少しでも楽になるかと考え、自立訓練法の本を買ってきてひとりでやったりもした。毎朝、目をつぶって横たわり、腕が温かくなる、重くなる、額が涼しいなどとイメージしていくのだ。実際、腕や足が温かく重くなっていき、額に涼しい風を感じてくることもある。そして気持ちを整えた、と自分に言い聞かせながら、何とか出勤していた。鎌倉の寺に座禅をしに行ったこともある。座禅会が催されていた。精神統一すれば気分がすっとするかもしれないと思ったのだが、これはとんでもなかった。足がしびれて痛くて、一晩中その足のことしか頭になく、ただひたすら夜が明けるのを待つだけだった。乳幼児期がすべての原因とわかったので、母にその頃の手記を書いてもらったりもした。母は、素直に一生懸命思い出しながら書いてくれた。それを自分の記憶と照らし合わせたり、専門書と重ね合わせたりしていた。

夏休みのある日、恐ろしい体験をしたことがある。意識のみがあって、感情がまったくなくなってしまったのだ。心理関係の本を読んでいて、その一節からふと自分の心をのぞき込んだ途端、すうっと妙な世界に入り込んでしまったのだった。あなたには秘密を共有する友達がいますか、というような文章であったと思う。

今もよくわからないのだが、喜怒哀楽のような感情がいっさいなくなってしまって、ただ呆然としていた。非常に奇妙で苦しくて、足かけ3日間眠れなかった。意識だけがぎらぎらしていた。

ひどくまずい状況だと察し、必死にやるべきことを紙に書いて、部屋に張り出したりもした。〇〇を片づけること、とかそんな類のものである。散らかり放題のこのままの部屋を人目にさらせないと思ったのかもしれない。でも片づけなどの行動はできず、ただぎらぎらとした意識だけがあり、目をぎっと見開いていた。

3日目の午前中、すぐ外の道ばたで立ち話をしている母の声が妙に甲高く響いてきた。そのとき、母に睡眠薬を飲ませてもらおう、と思いつき、手紙を書き出したのだった。「お母さん、お手数ですが私に睡眠薬を飲ませてください。もう3日間寝ていないのです。自分では睡眠薬を飲めないのです…」など書いていくうちに、感情があふれだしていた。知らぬ間に、その手紙に母に対する思いを書き殴っていたのだった。

出るわ出るわ、幼少期から始まって今に至るまでの母への怒り、悲しみが、山ほど出てきた。やがて、書き疲れた私はコトンと眠りに落ちた。そして目覚めたとき、私は元に戻っていたのだった。

５年生の担任はもちろん持ち上がらず、私は１年生の担任になった。５年生には本当に申しわけなかったが、その頃彼らのことを考えるゆとりは持てなかった。

１年生の担任は、２、３才年上の有能な女性と組むことになった。私がすさまじい鬱に苦しんでいることは気づかれていなかったと思う。その人のてきぱきした言動にも助けられ、よい学級経営ができた。子供たちにそのときの私ができる精一杯のことはしていたといえる。かわいい子供たちであった。

以前より鬱は少し軽くなっていた。休み時間ごとにトイレで膝を抱えてうずくまる、というようなことは少なくなった。でも、相変わらず現実感がうすく、ときおりどーんと心が落ちてしまうのだった。この世の底でただ形だけ口をパクパクしている自分、あるいは漂っている自分、そんな感じだった。

2

専門家とはとうてい思えないカウンセラーだったが、その人が他へ移ると聞いたときは、見捨てられる不安のような思いにかられてしまった。

次に担当してくれた人は、同年代の優しい感じの女性だったので、何となく親しみを覚え、その人とは結局5年くらいは関係を続けた。休みつつも通っていたのである。それでもやはり、私の言うことを書き留めることが主であって、それ以上の何ものでもなかった。自分で気づかせることをねらっていたのかどうなのか、よくはわからない。まったく何の進展もないまま、ずっといくばくかのカウンセラーへの欲求不満を抱えていた。いつもカウンセリングが終わると喫茶店でコーヒーを飲み、タバコをふかしながら、空虚な心をもてあましていた。


夏のある日、母が必死の形相で私に迫ってきたことがあった。

「今日ね、あんたのことをみてもらったの。あんたの頭が痛かったりするのは、ベッドの方角が悪いからだ、変えなさいと言われたの。だからそうしなさい」

母は、成田山で占いにみてもらったのだと言う。私の両腕をつかんで一生懸命に言いつのった。

「何言ってんの。方角なんて関係ないわよ。原因は赤ん坊のときのことよ。本に書いてあるんだから」

涙をぽろぽろこぼしながら、私は2階から専門書をもって駈け降り、母に示した。だが、母にはまるで伝わらなかった。ところが次の日、鬱がすうっと吹き飛び、さわやかになった。幸福感さえ感じられる。不思議な体験であった。

母が真剣に私に向かい合ってくれた故かとも思ったが、実際は、母に思っていることをぶちまけ、思いっきり泣いたからだったようだ。気分のよさは2週間ほど続いた。

占いにみてもらったという母の行動は、母が私のことを思ってしてくれた唯一のことであった。その頃はそうは思えなかったが、占いというピントがずれたものであっても、母にしては精一杯のことであったのだろう。

3

クラスは無事2年生に持ち上がり、2年目も何とか大過なくやっていた。だが、非常につらく、先を思っては暗澹とした日々を送っていた。

そんな年も終わる頃、ふと思いついた。

「学級担任を離れてみたら、少しは負担が減るかもしれない。専科になろう」

専科の先生には申しわけない言い方だが、そのときはそう思えたのであった。四六時中同じ児童と接していると、彼らに与える悪影響も大きい。それに専科になれば、最も大変な児童の生活指導の負担や保護者との対応がなくなるのではないか。

こうして、家庭科専科になりたいと異動の希望を出したのだった。

1988年

1

希望通り、私は学級担任を離れて家庭科専科となり、新しい学校へと異動した。専科となってつらかったことはたったひとつ、昼食を職員室で、管理職や専科の仲間と一緒に取らなければならないことであった。

私は小さいときから、家族で囲む食卓が大嫌いだった。まれにひとりで食べることができたときは、心底ほっとして食事をしたのだった。やがて、人と満足に話せない自分がいることに気づいたとき、人と一緒の食事はただ苦痛でしかなかったのだ。何かしら話をしなければならない場は、とてもつらいものがあった。

2

ある日帰宅した私は、階下で母が男性と親密な時間を過ごしているのに気づいた。私は子供のときから、家に出入りする姿をできる限り母に感づかれないようにする習慣があり、このときも母は、私に気づかなかったのであろう。そのときは何だかよくわからずにぼーっとしていた。自分がどんな思いを抱いたのか、自分に伝わってこないのだ。

翌日目覚めると、私は足が萎え、腰が抜けたようになっていて、どうしても職場に行けなかった。休みを取って、這うようにして車に乗り、近くの川辺に止めてシートを倒し、終日空を眺めてぼーっとしていた。

次の日は何とか出勤したが、休み時間は、へたへたと床に座り込んでしまい、しばらく動けない。そんなところを人に見られてびっくりされたことがあった。

母のことでこんなに衝撃を受けるなんて。何とかしなくてはと思った私は、母と一緒のカウンセリングを思いついた。困難は行く前からついてまわった。同じ行き先なのに、母と一緒に電車に乗ることができない。行きと帰りの間は別行動で、行った先と帰った先は同じところという奇妙なことを5、6回やった。カウンセラーは一生懸命やってくれたと思うのだが、母と私は、どこまでもまったく交わることがない、平行線のままであった。

何ひとつ私の言うことが母の心に通らない。ひとつの言葉を取り上げて、その意味をわかってもらうために説明するといった、まったく実りのないものも多かった。たとえば、「努力するという言葉が嫌いだ」と、私にとっての努力のつらさを語ったが、それをまったくわかってもらえない。

さらに、何とかわかってほしいと私が訴えかけた言葉で、母がパニックを起こした。白目をむいて倒れかけたのである。それを契機に、母と私はお互い何も理解し合わないまま、親子カウンセリングを終了したのだった。

1989年

1

夏休みはここ何年か、恒例のように伊豆の健康道場に行っていた。1週間ほどの期間である。アルコール漬けだった私の体にとってよいことだろうと思えたし、何よりそこはひとりで滞在できる場であったからだ。不思議なことに、その場では日頃の自分とは違う自分が存在した。私は明るかった。もちろん人と深く関わることはできないが、明るくて、うじうじしていない。それは、部屋でひとりで過ごせる上に、体調を気遣ってくれたり、適した手当を施してくれたりする温かなスタッフがいたからだ。もちろん空気もよい。

でも、帰宅して玄関のドアを開けたとたん、まるで冷凍庫のドアを開けたようにヒュウッと冷たい風が吹きつけて、あっという間に心身が凍りついてしまう。

その伊豆で前の年、仕事に役立ちそうなビデオを見つけてダビングしていたところ、内観という精神療法のビデオと巡り会い、その場では内容は見なかったが、何の気なしに一緒にダビングしておいた。年が変わって、ある病院の心療内科を訪れたとき、受付に内観を紹介するパンフレットがあり、それも何気なく手に取った。興味を引かれた私は、帰宅後ビデオを見て、内観をやってみようと思い立った。

内観とは、1週間、朝6時起床から、夜9時就寝までの間、食事と風呂に入る20分を除いて、屏風で囲われた半畳にこもり、ひたすら過去を思い出すのである。「していただいたこと」「して返したこと」「ご迷惑をかけたこと」の3点を、家族のひとりひとりを対象にし、2年単位くらいに年代を区切って、徹底的に洗い出すのである。

そして、2時間おきに指導者が思い出したことを聞きにくる。その繰り返しである。そうしていくうちに「自分は正しい。自分は被害者だ。親からしてもらったことよりしてもらわなかったことの方が多い」といった自我の固い殻が破れ、人生観が大転換すると言われているのだった。生かされている自分に気づき、新しい世界が誕生するのだという。私に最適の療法ではなかろうかと思った。

パソコンを買った。そのパソコンで私は自身のレポートを作成した。自覚症状、ロールシャッハテストの結果、家族構成、両親のプロフィール、分析、生まれたときから現在に至る経過などをまとめたものである。

私の生きづらさは、1歳の頃の厳しいトイレットトレーニングと、2歳半の頃の叱責が直接の契機だと思われた。2度にわたる大きな衝撃で心が閉じてしまったのだ。

乳幼児期の記憶、また幼い頃からの母の言葉、4年前母に書いてもらった手記、専門書の解説などを重ね合わせていき、自分なりにそう結論づけた。

でも、そのときだけのことではないのだ。母は自分の思いをすべて発散して精神のバランスをとる人であり、その対象が私だった。そうするのは私しかいなかったのだ。私が一人前に口のきけないときはいらいらをぶつける相手として、長じては怒りや愚痴を聞かせ同調してもらう相手として、そして意見を求める相手として、母は私に依存していたのだ。

そして、母は私に、温かな言葉をかけることはなかったのだ。

父は勤め人であったが、私が生まれる半年ほど前に、母の反対を押し切り、人の口車に乗って会社を辞め、アイロン会社の社長におさまった。だが、すぐに失敗した。もとの会社に復職することはできたが、まったく以前通りというわけではなかったようだ。家に間借り人を置き、生計の足しとしていた。タンスのなかの母の着物は、この頃にほとんどなくなったのだった。

父も母も共に十分に愛を注がれずに育ち、大人になりきれないままだったのではないだろうか。そして親になった。

1990年

1

夏休み、はじめて内観を体験した。

まず、父についての内観を行った。2日間かけて、父にしてもらったこと、して返したこと、ご迷惑をかけたことの3点を克明に振り返った。

次に母を行った。9才ぐらいまできたが、そこでどうしても先に進めなくなってしまった。苦しくてたまらない。担当してくれたSさんという指導者は、特例として私を広い敷地の端にある池に誘い、いろいろ話を聞いてくれた。そして、母に対して嫌だと思うことを紙に書きなさい、とアドバイスしてくれたのだった。あっという間に100近くの項目が並んだ。その後、内観に戻ったが、さしてうまくは進まなかった。

こうして帰途についたのだが、帰りの車中で突然ふわっと胸が温かくなり、父への感謝の念がわき出てきたのであった。それまで父のことは、飲んだくれの甲斐性なし、しょうがない人、と思っていたのだが、内観をしてはじめて、父が私に無償の愛を注いでくれたことに気づいたのであった。

世の父親のように、家計を支えたり子供を育てたりという観念はまるでなかったし、ほとんどしゃべらない人であったが、私にしてくれたことには、何の見返りも要求しなかった。

自転車に乗れるようにしてくれたのは父だった。卓球を教えてくれた。将棋を教えてくれた。散歩が好きでよく連れて行ってくれた。お祭りにも連れて行ってくれた。ひよこを飼いたいと言った私のために、板で巣箱を作ってくれた。そのひよこが頭だけを猫に食べられたとき、見るなと言ってそっと始末してくれたのは父だった。高校のときは革靴を磨いてくれた。

書の巧みな父だった。ときに味のある俳句を作った。緑が好きだった。よく庭の水まきをしていた。薪で風呂を沸かすのがうまかった。きれい好きで、掃除をまめにしていた。毎朝、雨戸を開けては大きなくしゃみをしていたっけ。

その足で父の墓前に向かい、私はありがとう、ありがとうと感謝の涙にくれたのだった。私は、はじめて父の姿を見たのだった。父は私を傷つけなかった。人や、世のなかに対して役に立つことはあまりできなかったかもしれないけれど、誰も傷つけたりしなかった。なんとすばらしいことだろう。この人が父であってよかった。お父さん、ありがとう。

2

断酒以後、夏や冬など長期の休みには1、2週間寝込むことが多くなった。土、日はほとんど横になっていた。私は何もせずにいるときが1番私らしかった。そして、寝ることでかろうじて自我機能が回復し、また何とか勤め続けられるようになっていたのである。

5年前、隣駅のアパートを引き払ってからは、考えられる限りの節約生活に入った。余分なものはいっさい買わず、少しでもまとまると元金返済に回していた。年に一度だけ、伊豆の方に断食しに行くことを自分に許していたのだが、往復とも高速を使わず、真夜中や早朝に下を通って行った。ぎりぎりの生活だったが、元金がみるみる減っていくのは喜びであった。借金をしました、返せなくて夜逃げしました、というパターンにだけは絶対に陥りたくなかった。昔の優等生として、いつまでもええカッコしいであったのかもしれない。この鬱状態で、はたの迷惑を顧みずに勤め続けた原動力がそれであったのだろうか。そしてこの年、借金はほぼ返し終えることができたのだ。

鬱状態といえば、6年前断酒したときに、母はそのときのカウンセラーに呼び出され、私のことをいろいろ説明されたのだという。その事実を、6年たったこのときになってはじめて私に話した。

「お嬢さんは、こんな状態のなかでよく仕事を続けていらっしゃる。奇跡的ですね。よほど意志が強いのですねえ」

そう言われたわ、と、母はけろっと話した。

私が断酒後のすさまじい鬱に苦しんでいる頃、すでに母は、私のことをわかっていたのだった。それでいてあの一連の言葉は何だったのだろう。苦しみを訴える私に、温かな言葉は何ひとつ返ってこなかった。底知れない沼に足を踏み込んだような気がした。

自分の病気が乳幼児期に原因があることを知ってから、私の幼少期について、母に思い出せる限りのことを書いてもらったことがある。母はそのレポートに、トイレットトレーニングの厳しかったことを書いた。

そして、それを私が病気の原因として責めている、と怒った。

「書かなきゃよかった。私が書かなきゃ娘はそんなこと知りゃしないわよ。おっぱいだって病気で突然出なくなったけど、1年3ヶ月もあげたのよ。それがどうして悪いわけ？」

「お父さんはどうなのよ。私のことばっかり言って」

私が苦しんできたことへのいたわりなどはなく、自分が不当に責められているという怒りだけがあった。

30歳頃、私にべったり張りつく母親にいらだち、反対に親離れできない自分にもいらだち、どうにもならず、母に向かって、

「いい加減に子離れしなさいよ。人はいつ死ぬかわからないんだから。ひとりで生きなさいよ！」

と叫んだことがある。

母はそのとき大変なショックを受けたようだ。

「そのときから必死で子離れしたのよ。もう完全に離れているわよ」

そう声高に話しているのが聞こえた。だから、今さら私がうだうだ言うのが気に入らないのだと思った。


12月に2度目の内観をした。母のことが最大の問題なので、母のことだけに取り組んだ。

母にしていただいたことが、数限りなく思い出されてきた。母は、貧乏暮らしのどん底で、一生懸命に生活を支え、私にできる限りのことをしてくれたのだった。

たとえば〈生まれてから2才までにしていただいたこと〉は、

「少しずつしかお乳を飲めない、時間のかかる私を辛抱強く抱いて、お乳を飲ませてくださいました。夜中、2時間おきに泣いて母を起こしても、我慢して飲ませてくださいました」

「重くて腕が疲れてもだっこしてくださいました」

「滑り落ちてしまうのに、私をなんとか膝に乗せてごはんを食べさせようとしてくださいました」

「持っていた着物をほとんど売り払って、生活の糧としてくださいました」

などなど、まだまだ続く。

服を手作りしてくれた。髪を結ってくれた。寒い日、ふるえて待っていると炭をおこして暖めてくれた。ゲームをいっしょにやってくれた。貧しいなか、オルガンや自転車を手に入れてくれた。病気やけがをすると必死に手当てし、医者に連れて行ってくれた。まだまだ、何十、何百と思い出されるのだった。こんなにたくさんのことを私にやってくれたのは、母しかいないのだった。母とは何とありがたい存在なのであろう。何とすごい存在なのであろう。母に対して私が「して返したこと」は、ほんの少しでしかない。でも、どうしても母の像がひとつにならない。よいイメージと悪いイメージに二分されたまま終了してしまった。どうしても統合されない。こんなにたくさんのことをしてくれた母をありがたいと思う反面、どうしても受け入れられず、感謝しきれない自分がいるのだ。母とはこの世のものでないような恐ろしい存在でもあった。

その後がこわかった。感情がほとんど感じられない、魂のないような気色の悪い心象世界を半月ほど体験したのである。白い世界と名づけたそこは、白い霧がずっと立ちこめていて動かない。そのなかに私はいた。えたいの知れない悪夢のなかにいた。それでもけっして勤めは休まなかった。せめて授業だけはと、懸命にやった。

1991年

1

前年、私は新採の教員の指導教官にさせられていた。これは毎日職場に行くことだけで精一杯の私にとって、この上ない負担であったうえ、相手に対して申しわけない結果ともなってしまった。何しろ、人と関わることができない人間が、それも鬱を抱えながら「指導」などとは、想像を絶することだ。それでもなんとか1年持ちこたえ、お役後免になった。

しかし、5月にその新採の教員が言った言葉から私は深い鬱に一気に落ち込んでいった。

「今度は新井先生が林間に行ってくれるんですよね」

それは、何の変哲もない普通の言葉であった。でも私にとっては、強く決めつけるように「私が行くべきだ」と言っているように聞こえたのだった。20歳も違う年若い人にそんな言いかたをされたことが、心に突き刺さってしまった。衝撃を受けた私はそばのイスにへたり込んでしまい、しばらく立ち上がれなかった。心が落ちていった。奈落の底から呆然とこの世を眺めているような感じであった。

毎年、3人の専科の教員からひとりずつ、交代で林間学校につき添って行くことになっていた。前年、私は行かなかったので、今年は私かその若い人のどちらかが行くことになる。でも、それはその若い人に指図されることではない。

1年間ため込んでいた苦しい思いが、その言葉をきっかけに吹き出してしまったのだった。その人に何か言っても、何も返ってこないということが何回もあった。我慢していた相手がえらそうに指図したように聞こえてしまい、衝撃となってしまったのだ。

世代の差があり、考え方の違いがあり、そのうえ人と関わるのが不得手な私であるから、伝えようとしてきたことは、うまく伝わらなかったのかもしれない。鬱を抱えていた私は、的をはずしたことばかり言っていたのかもしれない。

鬱であり、人とうまく関わることができない私にすべて原因があったのだ。その人はごく普通の若者であっただけだ。本当に。


食欲が落ち、みるみるやせていった。そして動けなくなっていった。とてつもなく重い、鉛のような心と体をひきずるようにして出勤していた。

しかし6月はじめ、運動会の仕事を何とかやり終えた後まったく動けなくなり、ついに病欠することになってしまった。


その少し前の3月頃から、少しずつお酒を飲みだしていた。断酒してちょうど7年目に入ったときであった。はじめは古い友達と会ったときのグラスワインであった。以前の私を知るその人に、当然のように「ワインで乾杯しよう」と言われたとき、グラス一杯ぐらいなら、と思ってしまったのだ。

心の底で酒を求めていたのだろうか。鬱に苦しみながらも抗酒剤を飲まずに、6年あまりもがんばってきたのに。

借金を返し終えて、気がゆるんでしまったのかもしれない。また、新採の人に対する思いが、私にとっては、実は私と母との関係の焼き直しであって、つらさがいっそうつのったからかもしれない。母に働きかけても働きかけても何も返ってこなかった。それとほとんど同じ形だったのだ。

お酒を飲む頻度は、1週間に1度だったものが、3日に1度となっていった。フルーツカクテルのような弱くて甘いお酒を少しずつ飲み、気持ちの逡巡も抵抗も何もなく、私にとってはごく自然な流れで、いつしか毎日飲むようになっていた。

2

病欠していた夏のある日、横たわりながら思いついた。私に欠けている情緒を育てるために犬を飼おう。姉に話したとたん、あっという間に姉はかわいい1匹の子犬を連れてきてくれた。近くで捨て犬を2匹拾った人がいたのだという。推定7月7日生まれのその犬は、生まれて2日後に捨てられたのだという。それから2週間ほどたっていた。私の手のひらにのる大きさで、目も開いていない様子であった。

こうして犬との生活がはじまったが、犬の扱いかたはもちろん、愛情の示しかたも知らなかったので、ただ散歩に連れて行くぐらいの関係でしかなかった。いたずらをする犬をきつく叱るだけの関わりだった。何だかよくわからない、妙な生きものを眺めているという感じであった。

なんということだろう。かわいい子犬の時代、私は犬と存分には関われなかったのであった。子犬にもかわいそうなことをしてしまった。

子犬の頃は、加減せずに指などを噛んだりすることが多かった。母は本気で「口、噛んだ!」とわめいたり、姉に電話して犬がどうしたとかこうしたとか訴えたり、まったく幼児性むき出しであった。

母は、2階でほとんどの間寝ている私を知りながら、連日のように仲間の老人たちを家へ呼んでは、民謡を歌ったり、おしゃべりをしたりしてさわいでいた。

病欠して3ヶ月後、9月に根性で復帰した。前にも増してぼーっとしながらも、私は勤め続けていた。まるで白昼夢でほとんど記憶にないのだが、本当にぼーっとしていただけだったと思う。それでも授業は懸命にやっていたし、親睦会の幹事にもなって、旅行のお世話なども必死にやっていた。その旅行は幹事がふたりも欠席し、負担が大きくなってしまいながらも一生懸命やったのだ。でも、周囲にはその姿はどううつっていたのだろうか。とんでもない迷惑だったのではないだろうか。

結局、復帰はしたものの次第次第に動けなくなってゆき、3月末までがんばったが、もう勤め続けるのは無理であった。

1992〜
2000

1992・93年

1

92年の4月、ついに長期にわたって勤めを休むことになった。正確には6ヶ月は病欠、その後は休職ということになる。44歳であった。

もう動けなかった。1日20時間はベッドのなかであった。眠ったり、ぼんやりしていたり、夜も昼も大差なかったが、やがて昼夜逆転していった。外に出るのは人目を避けながらの犬の散歩だけであった。それもやっとのことで、きわめて義務的な散歩であった。遠いカウンセリングには通えなくなって、せっかく新たに紹介してもらった精神科医のもとにも通えなくなった。

病欠に入るとき、母に、母の助け、愛が必要なのだと話しかけたが、返ってきた言葉は、

「今年から○○の会長も引き受けたから忙しいの」

これだけであった。母は何年も、老人福祉施設の民謡の部の会長をやっていた。その施設全体の会長も兼ねることになったらしい。

2階で寝ていると、外で人に話している母の大声が聞こえる。

「家のなかに何もしない人がいるのは、うっとおしいのよ」


母は長電話が好きで、大声でしゃべりまくっていた。当時はホームテレホンで、階下の居間にあるのを母はよく利用していた。そこで話すと2階に筒抜けなのである。話す内容は、人のうわさ話、悪口がほとんどであった。寝室の電話を使うように頼んでも、なかなか実行してもらえなかった。


ほとんどベッドのなかですごすことになってしまったが、実は反面、ほっとしていたのである。やっとゆっくり休める。何もしないで休める。何も考えないでいい。

神様が下さった休暇だと思えた。神様のご褒美だと思えた。この数年間、言語に絶する

ような思いを抱えながら勤め続けてきた。がんばって借金を返した。そのご褒美だと。少しずつ神に感謝するようになっていた。

それは7年前アルコール依存になったことからはじまっていた。そのおかげで、生きるのが苦しかった理由がわかったのだ。なんと、すばらしいことではないか。

7年前、断酒後のものすごい鬱に苦しんでいたとき、担任していたクラスが荒れた。荒れたクラスと私に手をさしのべてくれた人々がいた。そのおかげで少しずつ人を素直に見られるようになってきた。嫌な性格が少しは変わってきたのではないか。

母の言葉で死のみを見つめていたとき、家を出ることを思いつかせてもらって死の誘惑から逃れることができた。

伊豆で内観のビデオに出会い、ダビングしておいたのもそうなのだ。家でゆっくり見るうちに内観に行こうと思い立ち、聞き合わせていくうちにある内観所を知り、Sさんに出会うことができた。とても親身になってくれている。

家庭科専科に変わることを思いつかせていただき、そして変わることができた。しかも勤め続けることができて借金が返せたではないか。

天が私のために必要なものを用意してくれている。天の配剤と呼んでいたのだが、いつしかそのものを神と呼ぶようになっていた。

その神に自分は少しずつ救われているのではないか。

そして、悪い出来事と思えることも、ひっくりかえせば必ずよい面があるのだと気づいていったのである。

病欠することになり、これからどうなるかと不安に思うことより、私は神様の下さったご褒美がありがたかったのであった。ただ終日、横たわっていた。それ以外何もできなかった。

こうした日々は1年半続いた。

2

次の年、93年の8月末頃から、少しずつ動けるようになってきた。

10月、3回目の内観へ行った。1週間たって帰ってくると、すばらしいことが待ち受けていた。玄関のドアを開けたとたん、犬が飛びついてきたのである。体当たりしてきて、私は押し倒されてしまった。犬はしっぽをちぎれんばかりにふり続け、ぺろぺろ私をなめ続けた。それは10分あまりも続いた。本当に信じられないほど、いつまでも喜びを全身で表現するのであった。

私が愛というものを知った瞬間であった。

十分にかわいがることも、満足に育てることもできなかったのに、犬は私に会えたことを喜んでくれている。初めて犬をかわいいと思えるようになった。すてきな進歩であった。

内観の結果、全面的ではないが母に対する感謝の念が湧いてきた。どうしても受け入れられない母の姿には目を向けずに内観を終えたのだ。以来、共に食卓につくことができるようになった。ときには率直に話すことさえできてきた。

楽しい家庭を作りたい。そして少しでも自分の病を治していきたい。と、母に語り、子供のときから引きずっていることで、言ったりやったりしてほしくないこと、またしてほしいことなどを話した。頼まれたり頼られたりするのがつらいとか、温かい言葉をかけてほしいとかである。また、今までまったく目を向けなかった家の内外の様子に気づき、少しずつ改善していくようになってきた。

1994年

1

3月末に、4回目の内観に行った。母に対する冷たい感情やひどい言動が、自分の心への母の侵入を防ごうとしたものであり、自分を守ろうとしたものだと自覚した。侵入されることは自分の死なのだろうか。パニックなのだろうか。

この自覚から、呆然とした日々を過ごしていたが、ある意味で自己肯定ができた。私はとんでもなく冷たくて異常な人間などではなく、自分を守ろうとしていただけなのだ。そして、医師の本格的な治療を希望するようになった。4月半ばより、以前数回お世話になった精神科医のカウンセリングを受けるようになった。その医師はそのとき、独立開業したばかりであった。

5月に母に内観を受けてもらうことにした。65歳以上になると効果は期待できないと言われたのだが、どうしても私は母に変わってもらいたかったのであった。私のことをわかってもらいたかったのだった。去年の暮れあたりから、いろいろ話してみてもまったくわかってもらえなかったし、逆効果ですらあったのだ。内観で、私に対して「していただいたこと。して返したこと。ご迷惑をかけたこと」を徹底的に調べてほしかった。何か気づいてくれるのではないか。

内観では、やはり高齢ということでまったく別扱いであったようだ。1週間経って、楽しかったわと言って帰ってきた母の顔を見て落ち込んでしまった。

何の効果もなかった。その2日後、私はかつて作っておいた自分に関するレポートを母に見せた。現在までの自覚症状、心理テストの結果、父母のプロフィール、乳幼児期からの家庭環境と、自分の状態を年代を追って克明に記したものである。母は、受け止められなくて口から泡を吹き、目をむいて倒れてしまった。パニックだった。見たのは2度目である。まもなく回復したが、母は何も変わらなかった。

「出ない乳はいくらしゃぶっても出ない」

と、人にはさんざん言われていたが、あきらめられなかったのだ。母にわかってもらいたい、受け止めてもらいたいという思いは、物心ついたときからの願いであり、執念となっていたのだ。

自ら考え得る手段はすべてとってみて、自分の望む反応は得られないことがわかり、そのショックで私は動けなくなってしまい、10日ほど寝込んでしまった。5月8日、母の日ショックとひそかに名づけた。

その後、それでも母は変わらない、駄目なんだとわかったのは頭での理解だけで、心の底ではその事実を認められないでいることがわかってきた。母への執着は心にしっかりとからまっていたのだった。

それでも医師のサポートがあり、2ヶ月近くお酒もやめ、庭作りをぽつぽつとやっていた。庭作りというのは、まったく殺風景だった庭を、木々の配置を換えたりしてこぢんまりとまとまった感じに作りかえていたのである。その作業は早朝に行っていた。母の起きる前に作業をしたい。動いている姿を見られたくない。その思いは強烈であった。でも、そんなときばかりではない。母が立って、見つめていたりすると心身共に緊張し、耐え難い思いを抱きながら作業をしていた。素知らぬ風を装いながら。


7月のある日、医師は突然言った。

「今度から、ここであなたのカウンセリングはできなくなりました。僕ぐらいのレベルになるとね、1時間3万円から5万円なんですよ」

よく意味が分からなかった。えっ？ と聞き返すと、

「どうしても僕に会いたければ、〇〇病院へ来るしかありません。外来の診療だから、2、3分しか時間はとれませんが」

突然、私は切り捨てられたのだった。

確かにカウンセリング料は格安であった。でも、それはその医師が自ら提示した額であったのだ。その後、高額の料金を払う患者のことなどぺらぺらとしゃべっていたようであったが、耳に入らずただぼーっとしていた。これが、人の心を救おうと志す精神科医のやり方なのか。他に言いようもあったろうに。私はまったく気力がなくなり、いたたまれな

い空虚感にさいなまれ、死ばかり思う日々もあった。

1ヶ月ほどしてどうにか立ち直り、この医師を紹介してくれた人に連絡すると、大変恐縮して、この医師は独立開業したてで焦っていたのだろう、それにしても申しわけないと心から謝り、他の専門家を紹介してくれたのであった。

まもなく、この医師は売り出してきて、マスコミにもよく登場するようになっていった。

2

8月、新たに紹介された心理士と出会ったが、ずっとほとんど気力がなく、家のことはできず、外に出るのもやっとのことであった。たまに自己憐憫の涙で気力が出て動けることもあった。それ以外の感情は封鎖されていたようであった。

その心理士も、ただ書き取るだけの人であった。


9月末から10月にかけて、5回目の内観に出かけた。内観は深まらなかったが、ふたつのことを再確認した。母に対しては現状維持の態度で望むことと、自分で作ってしまった心、母の侵入を防ぐために自分で作ってしまった心の壁は、専門家の力を借りて少しでも治していくしかないとの認識である。

10月、ある精神科医に出会った。睡眠薬をもらうのと、診断書を書いてもらうためであった。3分診療ではあったが、温かい人柄であった。こんな医師もいたんだと、ほっとした思いを抱いた。

以前読んだ本のなかに、ある精神病院が出てきた。森もある広い敷地にコテージのような建物が点在する。そんな病院に私はずっと暮らしたいと思った。ひとりでいられて、しかもケアされる。理想だった。心理士に尋ねると、近い形の病院が北海道にあるという。コテージではなくアパートのようなものだそうだ。パンフレットを見ながら、訪ねていきたいと思った。でも行くには遠すぎて気力がなかった。違うつてで関東の山の方にある精神病院のパンフレットを取り寄せたりもした。だがそこは開放病棟でイメージとは違った。

私は、普通の社会で暮らすのはしんどかった。本のなかの精神病院に漠としたあこがれを抱いていた。

1995年

1

前年の終わりに、Kさんが何も言わず、私を白光真宏会という宗教施設に連れて行った。いつまでもぐずぐずしている私を見かねたのだろう。彼女は数ヶ月前に、そこにつながったのだという。

新しい年になってまもなく、私はひとりで出かけて行った。家から結構近いところであった。新年の指針というのがあり、1枚選び取った。それはおみくじのようなものであった。その人の状況に最も適した神の言葉が記されているという。

「あなたは今までどんなに苦しみ悲しみ痛めつけられたか　神はあなたのその状況を看て

とっている　今年はあなたに安らぎを与えよう　幸せと喜びがあなたに訪れるであろう」

あっという間に涙があふれて、しばし止まらなかった。ああ、神様。神様にやっとここで会えたと思った。

その会の祈りの言葉を教えられたことは、何よりありがたかった。これでやっと神に感謝できる。それは世界平和の祈りというものであった。

でも、その会の機関誌にのっている、会長昌美先生の法話は難しく、そして厳しく、私はまったくついていけなかった。だから入会はしなかった。一方、その会の亡くなった創始者五井先生の著書は、読みやすく温かく、疲れた心を抱き留めてくれるような感じがして、何冊か買い求め、読んでいた。

そして折にふれ、世界平和の祈りを心の内で唱えていくようになった。そしてときおり、それに付け加えて、自分だけでなく母の天命が完うされますように、と祈るようになっていった。

月1回くらいのペースで会っていた心理士が、一生懸命学校に復帰することを私に勧めだした。私は戻りたくなかったので、毎日、新聞の求人広告やチラシを見たり、人に私にできそうな仕事はないかなどとたずねたりしたが、何もなかった。何の特技も気力も能力もない。いい加減いい年でもある。しかし借金はなくなったものの、何もしないわけにはいかなかった。食べていかねばならなかった。他に道はなく、学校に復帰する方向に進むことになった。

2

長く休職していたものは、そのまますんなり戻れるというわけではない。5月から3ヶ月間、都内の施設で実施する復帰訓練に参加し、そこでまず判断されるのだという。その後はそれぞれの職場で訓練を受け、復帰が可能かどうか判断されるのだそうだ。

その施設での訓練は週3日ある。スポーツやゲームをやる日、陶芸をやる日、様々なテーマでディスカッションする日などがあった。遠出をする日もあった。仲間は11人いた。まずは休まないこと。明るく、積極的で、他と調和し、またはっきり意見を言ったりしなければならない。およそ私の得意としないことばかりであった。大変なことになったと思った。でも、やりぬくしかない。

行きの電車のなかで、つり革につかまりながら私は丹田呼吸をした。以前内観の指導者Sさんに教わったのである。息を吸い、いったん止めてからできる限り長く吐く。しっかり吐ききる。それを続けていくと心が落ち着き澄みわたるのだ。そのとき世界平和の祈りの言葉を吐く息と共に唱えることにした。およそ40分間、ひたすら続けていった。

奇跡が起きた。

私はいつもの自分とかけ離れて、たいそう明るくて、ものおじせずにものをいう人間に変身したのである。冗談も飛びだし、そこでの時間を仲間と共にとても楽しく過ごせたのである。ディスカッションでいっぱしの意見を言えたりしたのである。それも極めて自然に。信じられないようなことだった。

ただし、そこにいる間だけという限定付きであった。帰り、長い車中まで人といるのは耐えられなかった。だから、いつもひとりでさっさと帰った。でも毎回、車中での丹田呼吸と世界平和の祈りのおかげで、とてもすてきな自分が生き生きと活躍したのだった。

いた。

こうしてちょうど1ヶ月半が過ぎたとき、帰り着くとまったくエネルギーがなくなって動くことさえままならない。もうこれまでかと思われた。ここまでがんばったのに。

がっくりしながら、ふと、白光の機関誌を手にとった。開いてみると、翌日の相談日の担当がTさんであった。Tさんは、はじめてKさんに連れられていったとき紹介された人であり、以前に1、2度相談に訪れたことがあった。

1度は姉を連れて行き、紹介したこともあった。姉はそのTさんの話にずいぶんと感銘を受けていた。母とのことを相談したこともあった。

次の日、文字通り、這うようにしてTさんのもとを訪ねていった。私の話を聞くと「あなたは、もう一歩がんばるということをしない人じゃないのかな」と言いながら、「どれどれ見てみましょう」と私の胸に向かって手をかざすようにしていたと思ううち、「本当にエネルギーがなくなっていますね。これまでよくがんばりました。他の道を探しなさい。お浄めをしましょうね」と言ってくれたのだった。

わかってくれたんだ。私に本当にエネルギーがないこと、よくがんばったとわかってもらえたことで、みるみる嬉し涙があふれてきた。誰ひとりとしてわかってくれなかったことだ。その後ぱんぱんと手をたたく音がした。

その次の日、私はまたよみがえったのだった。エネルギーが満ちている。嬉し涙を流して心が洗われたせいか、あるいはTさんが私に神様の光を入れてくださったからか。きっと両方であったのだろう。

そして、残りの1ヶ月半も前半と同じように過ぎていき、そこの復帰訓練を明るく元気にクリアしたのだった。このとき、世界平和の祈りのすばらしさ、そこのTさんという指導者のすごさに深い感銘を受けたのだった。Tさんは入会しないと言う私の言葉に「そうでしょうね。今のあなたには無理でしょうね。いいんですよ」と優しく言ってくれたのだった。


職場での復帰訓練がはじまった。これは多くの場合大変に厳しいものであったようだ。11人の仲間のうち、職場の訓練に進めた者も、区の方針等で強引に退職の道に追い込まれることが多かったのだ。そして、私の場合はそれらの情報が信じられないほどにたやすく職場に戻ることができたのだった。何とありがたいことだろうか。神に感謝するのみだった。復帰できたのはたった4人だった。

3

4月の終わり頃、飼い犬が子犬を生んだ。これは私がどうしても子犬を生ませてみたいと思ったのだった。命の誕生を目の当たりにしたり、成長の様子を身近に見たりすることで、少しでも私の欠けている情緒を育てることができるのではないかと思い立ったのだ。母に説明すると嫌な顔をしたが、押し切ってしまった。

母は私に依存しているので、いつまでも反対はできないのだった。それでもうんざりした調子で、人に「娘がどうしても生ませると言ってね」などと話すのを聞く度、心が萎えていった。

「私の病気にいいと思うからよ」と何度か言ったが、「聞いたわよ」とそっけなく言われるだけだった。

相手となる犬の大きさや性格などの目星をつけて、犬を連れ、相手の犬の家へ何度か通い婚をした。4匹生まれた。子犬の誕生は私ひとりのときで、ゆっくり関わることができた。

母のいないとき、私はこの犬たちの写真を何枚もとった。日々成長していく姿がとても愛らしく思えた。4年前、我が家にやってきた子犬の写真は1枚もとらなかったのだから、ずいぶんと違ったものであった。

でも、かわいい子犬たちと関わるのは、存分にはできなかった。やはり、母の目があると緊張してしまう。やがて、もらい手が現れ4匹の子犬は家を出ていった。

4

8月末、9月から職場に戻るにあたって、私は家のことなどいっさいできないから、週2回ぐらい家政婦さんを頼もうと母に提案したのだが、母は開口一番「そんなことは嫌だ」と激しく反対した。知らない人が家に入るのは嫌だと、強硬な反対であった。どうしても頼むというなら、いつも出入りしている近所の人でいいではないかと言うのだ。その人は母の気に入りで、ちょっとした掃除などをやっていた。だからその人で構わないのであったが、私はその人に嫉妬していたのだった。母のおしゃべりの相手であること、いつも楽しげに母がしゃべる相手であることに。

私を見ないでよその人とばっかり話している。私にしゃべるのはよその人のことばっかり。私のことを話してくれない、見てくれない。子供のときからずっと引きずっている私の思いのひとつであったのだ。

そのことがきっかけで、長い年月耐えていた心の壺の水があふれ出したようであった。それ以来、自分の存在、様子を母に知られることを、以前にも増して恐れるようになっていった。息を潜めるようにして家では過ごしていた。

こうして9月に職場に復帰した。当分は午前中のみで週3時間の授業と事務的雑用をこなすだけであったが、初めて9月にもらった400円あまりの給料に感激したものだった。私は48歳になっていた。

1996年

1

日を追う毎に、母との同居が苦しくてたまらなくなっていった。食事は外でパンやインスタントラーメンなどを買ってきては部屋で食べた。電気ポットでお湯は沸かせる。野菜が不足するからと乾燥野菜などをラーメンに入れたりしていた。洗濯機は母の部屋の隣においてある。その洗濯機を使うことも苦しくなり、洗濯ものを大きな袋に入れて持っていき、職場の洗濯機を借りて洗濯し、また家に持って帰り部屋のなかにばらまくようにして乾かした。ベランダに干すという行為もできなかったのだ。ベランダは母の部屋の前であった。

夏休みに入り、日中家で過ごすことが多くなると、いっそう窒息しそうな思いが募ってきた。気が狂いそうであった。

ある朝、新聞の折り込みチラシに犬も飼える貸家というのを見つけた。ふうっと風穴があいたような気がした。そうだ、別居しよう。そうしたら勤め続けることができるかもしれない。生きていけるかもしれない。

早速その不動産屋に出かけ、2件目に紹介された家に決めた。一目で気に入った。おもちゃみたいな小さな家だが、静かで日当たりがいい。そしてその家から数十秒で広々とした河川敷に出るのだ。雄大なロケーションであった。

母のいる家で、気力のない私が引っ越し荷物を作るのは不可能であった。姉に来てもらい助けてもらうことにした。励ましてもらったりすることでエネルギーをもらいたかったのだ。姉は高齢で足も悪く、荷物作りはできなかった。母には近くの旅館に滞在してもらうことにした。母の目の前では動くことができなかったのだ。ぽろぽろ泣きながら、母に頼んだ。

4、5日ほどかかって荷物をまとめた。それでも満足に動くことができず、何とか身の回りのものをまとめた程度だった。2トントラックの3分の1程度の荷物だ。8月下旬に入った頃のことであった。

2

8月の終わり、新たに紹介されたカウンセラーに会うことになった。

それまでお世話になっていた心理士は私が職場に復帰することになった昨年に、もう役目は終えたがごとく、私に大した関心は示さなくなっていたのだった。カウンセリングの途中ふっと居眠りをしたりする。1、2ヶ月に1度くらいのペースで会ってはいたが、何なんだろう、何のために会っているのだろうという思いがしていた。自分のレポートの改訂版を作って見せたとき、ふっと鼻先で笑い、また参考資料ですかと言って、見ようともしなかったことがあり、私はいささか傷ついていた。でも、専門家とつながっていたかったのだった。

新しいカウンセラーというのは正真正銘の修道士さんだった。ホスピスにも関わっていて、月に何回かは遠隔地にあるそのホスピスで、人々の心を支えたりしているとのことだった。直接神に仕えている方であり純粋な熱意、使命感にあふれた人のように見受けられた。今度こそ本物かもしれない、と思えた。私の心を支えてくれるかもしれない。

その修道士さんは会うなり、「アロマテラピーが有効だと思うので、実施したい」と言う。外国ではなんたらかんたら…。

ん？　えっ？　ちょっと待って。

アロマテラピーって、体にオイルを塗りながらマッサージするあれのことらしい。いくら神に仕える身とはいえ、男の人ではないか。何を言ってるんだろうこの人、と思った。そして、カウンセリングの費用はずいぶんと高額を申し出てきた。「相場くらいの方が、あなたは支払うために働く意欲が出るでしょ」と言い、その費用は遠いホスピス宛に送ってくれと言う。この場で現金のやりとりはしたくないのだそうだ。「お金でこの場を汚したくない」と言う。

何か変だ、違うと思ったが、せっかく来たのだからアロマテラピーの前にわかってもらうことが先決だからと思い、自分のことを話しはじめた。すると、私の苦しみを訴える言葉を、心から同調して聞いてくれる。

話しながら私はぽろぽろ涙がこぼれていた。こういう人を探していたのだと思った。私の苦しみを大切に受け止めてくれる人を求めていたのだった。

たくさん涙を流し、また受け止めてもらえたと思えたことで私の心はハイになるほど高揚し、9月の新学期を生まれてはじめて心楽しく迎えることができたのだった。明るくて冗談も口から飛びだしてしまう。

すぐに、その修道士さんから自宅に電話がかかってきた。私の様子をたずねてくれる。ありがたかった。

しかし、2回目の電話のとき、私が「先日、最後のときに、手を取ってもらいながら私は心のなかで助けてください。と叫んでいました。伝わったでしょうか」と軽い気持ちでたずねたところ、「あなたが思っていたより重症だということがわかりました」とそれだけが返ってきて、私は崖から突き落とされた気持ちになった。

でも大丈夫ですよ、とかいっしょに取り組んでいきましょうね、などのフォローがまったくなかった。聞き返しても「あなたは重症です」で終わってしまった。

ショックだった。後に、再度会いに行ったときに言われたあの言葉は、たとえばガン患者が、助けてくださいという思いが伝わりましたか、とたずねたときに、重症だと言うのと同じですよ。重症であったとしても、まずはクライアントの思いを受け止める言葉がほしいのだと話した。いくつか例えを引いて話したが、それはまったく伝わらなかったのだった。

私はちょっとした齟齬でダメージを受けてしまう。心を開きハイになった分、沈み方も大きかった。2回のカウンセリング代数万円を遠いホスピスに送るのも億劫で、その場で支払い、終わりとなった。

3

ひとり暮らしを初めて、大きな変化がひとつあった。それは便通がよくなったことである。毎朝、たいていはモーニングコーヒーを飲んでいるうち便意を催す。私は子供のときからずっと、4日も5日も便通がないまま平気で過ごしていた。やがて固いころころとしたうさぎのフンのようなものが現れる。だから、毎朝の習慣となったことは新鮮な驚きであった。それも極めて健康的な形状であった。自分の身を縛っていた何かがひとつ解けたような気がした。

また、朝と夕方、河川敷に犬と行く。３６０度見渡す限り空である。西は大きな川が流れている。その向こうに沈む夕日の頃はたとえようもなく美しかった。また絶えず移り変わる雲の形、動きが楽しかった。夜はさえぎるものがない満天の星であった。

天と地とその間に私がいる。私はたったひとり、とてつもない孤独である。しかし、その孤独が天と地に抱かれているような感じがしていた。どこかしら癒されているような気がしていた。

いつしか朝と夕に、そこで感謝の祈りをするのが日課となっていった。

母には、直接電話で話したりしたくないと伝えてあったので、はじめは留守電も何回かあったが、やがて母は、姉に託した伝言や手紙などで連絡をしてきた。この日は旅行で留守をするから家に帰れます、とか、金庫の開け方がわからないのでどうしたらいいでしょう、とか、そんなことをよく連絡してきた。

私が苦しんでいるのを知りながら、何が旅行だと腹立たしく思った。他に言葉はないのかと思った。金庫の開け方のときには、力が抜けてしまった。あんなに私に頼ったり、頼んだりするのは、苦しくてたまらないからやめてほしいと言い続けても、母にはどうしても伝わらないんだと改めて思ったからだ。幼いときから母に頼られていた分だけそれがつらかった。理屈抜きで心が萎え、苦しくなる。知らん顔をした。

母の伝言はほとんど無視をしていたが、ある日、衣類を持ってくる必要に気づき、母の留守をねらって夜家に戻り、車に詰め込んできたことがある。

自宅から帰るとき、自分が作った家にはまったく思い入れがないが、楽しんで作った庭を捨て去るのかと思ったときにはらはらと涙がこぼれ落ちた。それは悲しみというより、自分にも楽しめたことがあったという気づきでもあった。玄関で腰掛けながら涙を流していた。

涙は渇いた心を潤し、いくばくかの気力をよみがえらせる魔法の力を持っている。泣けることはありがたいことだった。

4

10月になり、2、3ヶ月ぶりで心理士と会うことにした。2年以上にわたって何回も通った駅近くのその場所になかなか行き着けず、20分以上もさまよってしまった。やっとたどり着いたが、心理士の気持ちは私にはまったく向いていない。DV（家庭内暴力）のシェルター作りに情熱を燃やしているらしい。

自宅近くの駐車場に車を入れることができず、気がつくと通り過ぎていたことが何回も続いた。ほとんど頭が働かないのはいつものことであったが、たった今聞いたことも即座に忘れてしまうことも多かった。

ほとんど気力もなくなり、いつ退職しようかと思う日ばかりであった。その秋の終わりには展覧会があり、その行事が終わるまでは責任があるから何とかがんばろう、と重い心を引きずりながら日々を過ごしていった。このくらいのつらさは何度も経験がある。外見は明るく振る舞いながら、何とかごまかしていくうち、年が変わった。

1997年

1

2月、心理士に約束をすっぽかされた。その上、後で連絡すると言ったままこれもすっぽかされた。だが、まったく打撃は受けなかった。その人に何も期待するものはない。会ってもあくびを隠しながらふっと居眠りをしている。そんな人とつながり続けようとする自分の方がおかしかったのだ。

ほとんど痴呆のような症状は続いていた。今聞いたことを忘れる私に、馬鹿にした態度をあからさまに見せる同僚もいたが、それも無理からぬことと思えるほどであった。気力のなさ、能力のなさをかくしながら必死にやってきたが、限界にきたかと思った。あの良心的な医師に紹介してもらった病院で脳のCTスキャンを受けたが、結果は異常なしであった。

行きなれたところに行き着けないのは、嫌だという思いがそうさせていることもあるとか、オーバーワークではないかとか、そんなことを言われた。

私は、本当は2歳半で精神年齢の成長が止まっているのであった。ひどくつらいとき、鏡を見るといつも途方に暮れた童女の顔がそこにある。どうしたらいいのかわからない。ひとりで、頼るすべもなく、なすすべもなく佇んでいる。それが私の正体だった。昔から、ふと鏡を見ると呆然とした童女がそこにいた。

2

5月にある本に出会った。アメリカ在住のセラピストのものだった。いつの頃からかアダルトチルドレン（AC）という言葉が世に出回っていた。成育過程のうちに受けた心の傷がもとで、現実に生きにくい思いを抱えている人たちのことである。まさに私はそうだと思った。その本では具体的な治療方法が示されており、私は希望を抱いた。

そのセラピストに当てて手紙を出したところ、私の症状は適応できる、受け入れるとの返事をいただいた。でも、その治療は日本でも行うが主としてアメリカだし、1回ですむものでもないようだ。その治療の受け皿として、とりあえず、そのセラピストとも関わっているという日本のある施設に通うことにした。

その施設のカウンセラーは専門的な技術を持った人であった。アメリカには行きにくいのと、そのカウンセラーの意見とでアメリカのセラピーには行かないことにした。

私の心は生後1年くらいのときに厳しいトイレットトレーニングで7、8割閉じ、2歳半のときにこっぴどくののしられたことで、残りが閉じてしまったと思われる、と話した。

その2歳半の出来事は、半年前、母が奇跡的に思い出し手紙に書いてきたのだった。

私は間借り人の子供と遊んでいた。家に次々と間借り人をおきながら、どん底の貧乏暮らしであえいでいるとき、家のなかを走り回り、壁を削り取った私に、その子の母親に聞こえよがしに、ひどく私をののしったのだそうだ。その後、私が子供らしく遊んだのを、

2度と見たことがなかったと書いてあった。その言葉は私の記憶と合致していた。そのときの情景はとてもよく覚えている。

それ以前にも、私は、自由に排尿排便などをやると非常な叱責を受けたのだろう。お尻もたたかれたのだろう。自由に思いを表現したり行動したりするとやはりきつく叱責されたのだろう。だから心が閉じてしまった。そして、その前も後も私をフォローするような周囲の働きかけは皆無だったのである。誰も抱きしめてはくれなかった。誰も慰めてはくれなかった。

感情が意識に伝わってこない。言葉が出てこない。人と関われない。エネルギーが枯渇する。空虚でたまらない。

そのカウンセラーはその推測は正しいと言った。その人はそうした心を開く技術を持っていると語ったのだった。

夏休みはその施設にあるデイケアも何回かのぞいた。若い人が圧倒的に多く、様々な部屋にあふれていた。多様なプログラムが展開されていた。

自分の家系を3代くらい前までさかのぼって詳細に調べる。家族に伝わる病理に気づいたりするそうだ。私もやらされた。

大勢の人の前で自分の症状、問題を話す。みんなで問題をシェアするのだそうだ。教科書にも載っている歴史上の名家の直系が、名家ゆえの重圧でアルコール依存になったとか話していた。その人は中年であった。みんなはただ黙って聞いている。私にはその取り組みが自分の救いになっていくとは思えなかった。

音楽を聴いてどうとか、絵を描いてどうとか、いろいろあった。順序を踏まないと入れないものや、満員で入れないものもたくさんあった。

どれにも私はなじめなかった。人がたくさんいすぎたのである。人と関われない自分が、年若い人の間で居場所がなかった。

それに、私にはその人たちが甘えているように見えたのである。こんなところで1日たむろして、何やってるの。私は死にものぐるいで働いているんだよ。そんな思いもあった。1日過ごしていたのは夏休みであったからであろうし、また事情は人それぞれであろうし、働けない人もいたのだろう。その施設で救われている人も多々いるのであろうが、私には居場所が見つからなかった。

3

8月に、散らかした自宅を片づけてほしいと連絡が入った。1年前、2階をすさまじく散らかしたまま家を出たのだった。母が姉に言づけたのだ。旅行で家を空けるので、そのときに来たらどうかということであった。姉が気持ちだけでも手伝うからと、私の家にやってきてくれた。

姉は2、3日滞在していたが、私はどうしても自宅に帰れなかった。明日は母が旅行から帰るという日の夜、姉に何度もうながされてやっとのことで家に戻った。でも、居間に座ったまま、動けなかった。心も体もどうしようもないほど重い。まったく動けなかった。情けなくてぽろぽろ涙がこぼれた。姉が黙ってふっと手を握ってくれた。そのまましばらくたって、その前に開けた私宛の香典返しのかわいいタオルを、ほら、と私に差し出した。それを手に取った。

その途端、私の心にエネルギーが入ったのだった。床に投げ出されてくたくたになっていた操り人形の糸がぴんと張られたみたいだった。頭がぐんと上がり、胸がピンと張り、腕に力が入ってきた。もの悲しさがすっ飛んでしまい、生き生きとした思いでいっぱいになってきた。みるみる元気になり、私は動き出した。夜の9時頃からはじめて何と徹夜してしまった。朝日のなか、ゴミ袋12個を外に出した私は、意気揚々として自分の家に帰ったのだった。

愛の力なのだろうか。姉の愛。つらい思いでいるときに黙って手を握ってくれるなんてことは、私にははじめての経験なのであった。そのエネルギーはその1日で終わってしまったが、愛はこんなにもすごいエネルギーを与えてくれるものと初めて知ったのだった。

1998年

1

希望も気力もない正月であった。私は50歳になっていた。

死んだらどんなに楽だろうと思った。でも犬を残しては死ねない。私に愛を教えてくれたかけがえのないこの犬。犬が生きている限り私もがんばろうと思った。

相変わらず苦しかった。さびしかった。職場では人といても話す言葉が出てこない。空白のときの耐え難さ。ひとりになってやっと息をつく。人を痛切に求めているのに求めるすべがない。孤独のつらさにのたうちまわっていた。運がよければ涙がこぼれる。涙すら出ないときはなお苦しい。

恐ろしい孤独や絶望感と向き合わないように、お酒とタバコの他に私は本を読みほうけていた。ずっと昔からのことだったが、ミステリーと呼ばれるものが主であった。ひとりの作家を気に入ると、その作家のすべての作品を手に入れて読みふけった。何十冊、何百冊と狭い家にたまっていった。でもそのほとんどすべての内容を私は覚えていない。

学校に存在しているだけでも奇跡だと思う日もあった。どうして学校に行けるだろう、と思うけれど、家にいれば飲んで眠るだけで、それよりは学校に行ったほうがましだと思うのと、やっぱりええカッコしいだろう。休んで同僚に迷惑をかけたくなかった。朝、飲んでも気分がよくなるわけではないことを承知しながらも、あまりにつらくてビールを飲んで出勤したことも何回かあった。

それでも、どんなときも私は誠実に子供たちに相対していたし、その他の仕事も責任を持ってやり遂げていた。子供たちの笑顔は最大の喜びだった。

2

だましだまし、という感じで何とかやっていったが、夏休み明けは、常にも増しておそろしく空虚でいたたまれない感じだった。心がギリシャの家のような白い壁で、それをレーキでかきむしってもかきむしっても、ただ、赤黒い線がにじんでくるだけ。それは私の血だろうか。そんな思いを抱いて日々を送っていた。

あまりにつらくて、カウンセラーに、姉に助けてもらいたいと思う、と話した。

1年前から通っていたそのカウンセラーは確かに様々な技法を持っていた。はじめてプロらしい人に出会ったと思った。クッションを使って情景や感情を表現させたり、絵を描かせてみたり、神の話を持ち出したり、様々な試みをしてくれていた。

それなのに、私はどこかなじめなかった。それは何より、私が人に心を開くことが極めて困難であったからかもしれない。しかも、ちょっとした言葉で違和感を抱いてしまう。

たとえば、私は情緒の安定している人のそばで暮らしたいと言えば、

「みんなそうですよ」

と軽く言われる。夕日を見るのが好きだと言ったら、

「どうして？　朝日のほうが力強い」

と即座に断定されてしまう。私の思いを受け止めてくれない。その頃騒がれていた宮沢

りえの拒食症を、

「あなたならその気持ちわかるでしょ」

とか言われ、そんなことわかるわけもない、どうでもいいじゃないかとか思ったりもした。その他、細かな齟齬がたまっていった。

私は何より、私の存在そのものを認め、受け止めてほしかったのだ。

「どうしてあなたはここに来るのですか」と常に確かめられるより「つらいのによく来れましたね」などと言ってほしかったのである。1、2度手紙を書いて心情を伝えたが、何も変わらなかった。

ということで、結局は行ったり、行かなかったりという状態であった。

姉に話して、私を受け止めてもらおう、人がつらいとき黙って手を握ってくれる姉はきっとわかってくれるに違いない。

カウンセラーは快く姉に電話してくれた。ところが姉はすぐ母に連絡したのだった。私が大変な状態らしいと。私の意図はうまく伝わらなかった。

母もまた、すぐカウンセラーと連絡を取ったらしい。次に面談をしたとき、カウンセラーは、「お母さんが心配しています。ボタンの掛け違いで、あなたとお母さんはこうなりましたが…」と私に話しはじめた。

違う。私と母の関係はボタンの掛け違いなんかではない。断じて違う。乳幼児期に私に与えたダメージだけでなく、母はずっと私をわかろうともしなかったし、私に依存し続けているのだ。

結局、その言葉で私はそのカウンセラーのもとに通い続ける意志をなくしてしまった。10月のことだった。

3

11月半ば、姉が胃ガンで入院したと母から手紙が来た。当面は来ないようにという姉の伝言が伝えられていた。しかし私はどうしてもお見舞いに行けなかった。お見舞いに行っても話す言葉がでてこない。ほんの一言二言で終わってしまう。その場にいたたまれない。その場に姉の家族でもいたらもっとつらい。姉の病状を心配する思いより、自分のつらさが先に立った。

私は一度もお見舞いに行かなかった。

1999年

1

正月、やっとメールが送信できた。去年の秋から何とか送信しようとしていたが、どういう加減か、3ヶ月もできなかったのだ。私は、パソコン歴は長くても、自分ひとりでは新しいことはめったに開発できないのだった。相手はSさん、内観の指導者だった人だ。

優しかった父の姿をはじめて気づくことができた内観に心惹かれるものはあった。しかし、勤めを再開し、またひとり暮らしになると、犬を置いて行くこともできず、内観は5年ほど前で行かないことにしてしまった。それでも、その後もSさんとは電話でときどき話をさせてもらっていた。月に1度くらいだが、電話すると親身になって話を聞き励ましてくれた。半年ほどの間、毎日の出来事を幼児が書くようにして連日送ったこともあった。忙しい人だから、電話では都合が悪いときも多々あるが、メールだと相手の都合のいいときに対応してもらえる。1本の線がつながったことがとても嬉しかった。私のほとんどすべてを知っているし、母のこともよく知っている。

Sさんはすごい人であった。内観のときは相手の気づきに対し、涙して合掌する。相手の喜びを喜びとし、悲しみを悲しみとする。また、どんな訴えにも、相談にも相手の思いを尊重しながら、実に適切にアドバイスをしてくれるのだった。丸ごと私を受け止めてくれる人であった。

もっと飛び込んでしまえたらもっと楽になれるような気がしていた。でも、甘え方を知らず、内観も5回でやめてしまった私は、ひと月かふた月に1回程度の電話やメールをするのが精一杯だった。でも、それだけでもありがたかった。何よりメールは繰り返し読むことができる。本当に嬉しかった。

Sさんのメールを読むたび、はらはらと涙がこぼれ、そして何日か元気になれるのだった。

たとえばこんなメールをいただく。これは2度目くらいにいただいたものだ。

「メールありがとうございました。ここのところ母の用が多かったので、何となくメールを開いていませんでした。お返事が遅くなってごめんなさい。どうしていらっしゃるかなといつも思っているのですが、行動が伴わなくては何もなりませんね。

過ごしてきた人生には万にひとつも無駄がないといいます。私もそう思います。では、神様は何をお思いになって、彌重様に、こんなにも長いつらい人生修行をおさせになっているのでしょうね。1日たりとも休む間もなく、ですよ。私は神様の深い御心がわかるわけではありませんけれど、私なりに思っていることがあります。彌重様を見ていると私はお釈迦様を思います。取り組んでおられる課題は、お釈迦様が悩まれ、ご自分の人生のすべてをかけて求められたことと同様に、非常に難題です。

彌重様も、今までの人生のほとんどの時間とエネルギーを、この問題解決のために使われていらっしゃいましたものね。

ご存じのことと思いますが、お釈迦様は君主として責任のある国を捨て（国は滅びました）、慈しみ育てていただいた両親を捨て、愛する妻を捨て、子を捨てて、ご自分の大問題を解決すべく、ありとあらゆることをされた。どのような結果が出るか、その途中ではまったくわからなかったと思います。本当にお苦しみになったことと思います。私がお釈迦様と同じようにと思うのは、彌重様の思いが純粋だからです。人よりも欲張ってというのではない、純なる願いだからです。結果としてお釈迦様は人類をお救いになったのですが、それはお釈迦様の悩みが、人類共通のものであったからです。お釈迦様のご修行は、あくまでご自分の悩みの解決であったと思います。

自分のためでいいのです。彌重様のお苦しみが、歓びに変わる日を確信し、成就が1日も早いことを念じています。何かがきっと約束されている。苦しみに見合うものであることも確信しています。お苦しみを共に分かち担うことの出来ぬ私をお許し下さい。でも心の痛みは分けてください。少しでも軽くして、苦しみの突き抜ける日を、共に切に願っております」

もちろん、もっと短いものが多かったが、一貫して私を心から受け止めてくれる。そのときどき、そのままの私を常に受け入れ、励ましてくれる。1本の線は命の絆と言っても過言ではなかった。かけがえのないものであった。

この頃、私は名前の漢字を本字に戻した。難しい「彌」である。なんとなく本当の自分を意識しだしたのかもしれなかった。

2

職場に復帰して5年目、正規な形の仕事について4年目であった。いつの頃からか、私は子供たちを本当に大切にするようになっていた。

以前も、自分のできる限り傷つけないようにとか、喜ぶようにとか思ってはいたが、いつの間にか確かに私はひとりひとりを尊重し、大切にしていた。いつも乏しい私のエネルギーのすべては子供たちに費やしていた。どんなに自分が苦しい状況であっても、子供たちの前に出ると背筋はのび、にこやかに笑みを浮かべ、明るく向かい合うのだった。何人かの子供たちは、担任に言えない思いをうち明ける相手としても、私を頼るようになっていた。

子供たちが楽しそうに学習する姿を見るのが好きだった。喜ぶ顔を見るのが楽しみだった。専科の時間は、子供たちが自由にのびのび表現できる場にしたい。他の教科とは違う側面を伸ばしたい。

私の仕事は、まず第一が子供であった。そしてそれがすべてであった。後はもうエネルギーが枯渇していた。昼食後は疲れ果て眠くなる。ここで十分でも眠れれば蘇ったかもしれないが、そうもいかない。私はたいてい、いつもぼーっとしながらそれを隠し、仕事をしていた。

割り当てられた校務は誠意を持ってやりとげていた。

でも、4月に分担を決めるとき、大変そうな仕事はパスしていたのだった。みんなも暗黙のうちに長い間休職していたという事実をふまえ、私を見逃してくれていたのだった。年齢のわりには、比較的楽な立場においてもらえていたといえる。それでいて、大事にされていた。みんなやさしく、存在を尊重してくれていた。ありがたかった。

定時になったら、まっすぐに帰宅した。毎日その時刻に職場を出るのは私しかいなかったが、私はもう待ちかねてひたすら帰宅するのだった。限界であった。

20分で家についた。帰宅するとすぐ冷蔵庫を開け、缶ビールを飲む。1本、2本。ときに3本。それくらいが普通であった。たばこをふかしながら、ただぼーっとする。動けない。しばらくしてやっと犬の散歩に出る。

まれに30分くらいで動けることもあれば、2、3時間しないと動けないこともある。

小さな台所のテーブルでじっと座っているのだった。最高10時間ほどいすに座りっぱなしのこともあった。もちろん休日前のことだが、真夜中はるか過ぎて犬の散歩に出かけたときは、我ながら普通じゃないなあと思ったものだった。

でも、毎日こんなふうにして、なんとかやっていたのだった。

3

この家に越してきた当座は、犬は、シャンプーというと部屋の隅や、机の下に隠れ、近づくとうなり、かみつこうとした。シャンプーが大嫌いだった。2ヶ月に1度くらいのことだけれど、そのたび大変な騒ぎなのであった。

それがいつしか気がつくと、風呂場で私が口笛を吹くと、とことこと2階から降りて風呂場にやってくるようになっていた。けっしてシャンプーが好きになったわけではないのだが、素直に身を任せる。

私が犬に愛の言葉をかけるようになったからだった。散歩から帰って体や足をふくとき、夜寝るとき、必ず犬にこんな言葉を投げかけていた。

かわいいね。大好きだよ。いい子だね。あなたがいてくれて嬉しいよ。あなたのおかげで幸せだよ。愛してるよ。私のわんこになってくれてありがとう。世界で1番のわんこだよ。

うちの犬は臆病である。大きな犬が近づくと私の足の間に体をはさんでくる。そんなときは、「大丈夫だよ。私がついてるよ」などと声をかけていた。

それらは、すべて私が母に言ってもらいたかった言葉だった。子供のときから渇望していた言葉だった。一度も言われたことがない言葉だった。

私はそれらの言葉をふんだんに犬に降り注いでいた。すれ違う人が犬を見て、いっぱいかわいがられていますね、いい顔をしてる、とか、やさしいいい目ですね、と賛辞を贈ってくれることも多かった。そう、犬も愛を注ぐと変わってくるのであった。子犬の頃いい加減な扱いをしていたのにもかかわらず、私に愛を教えてくれた犬は、今度は私に愛を注ぐことを教えてくれたのだった。

犬の食事は手作りしていた。自分の分はめったに作らなくても、犬の分は作っていた。

留守番になれた犬は、はじめのうちは帰宅するとすぐしっぽを振って出迎えていたが、すぐには散歩に行かないことを知ると、帰宅してもたいがい2階にいて知らん顔をしているのだった。帰宅時間がいつもより遅くなると、飛んで降りて出迎える。いったいどうしたの？　と言わんばかりであった。

犬のおかげで、1日2回土手に、そして河川敷に出ていくことができた。朝日、夕日の輝き、月の満ち欠け、満天の星、吹き渡る風、流れる雲、とうとうと流れる川、富士山、秩父山系…。

それらは私の唯一、そして最大の慰めであった。

そう、忘れていけないのは後、鳥たち。鳥たちにパンくずをやるときだけ、私は苦しみから解放されていた。いつもポケットにパンくずを入れていた。それは給食の残りだったり、100円で購入した食パンであったりした。

特に冬場のかもは1番の友達であった。どこかのんびりしていて、がつがつしていない。ゆりかもめに餌を横取りされるのはしょっちゅうであった。ゆりかもめはすばしっこく、陸、水、空とオールラウンドでえさを手に入れる。特に空中でホバリングしながらパンくずを口に入れるのは大した技であった。私と目が合い、そしてパンくずをキャッチする。頭上に群がる彼らを見ているのも楽しかった。

かわうの群がやってきて、水に潜っては思いもかけないところに顔を出したり妙技を披露してくれた。彼らはパンくずとは関わらない。

陸地では、はと、からす、すずめ、むくどり、せきれいなどがパンくずを争う。力関係がはっきりとわかる。1番強いのはからすであるが、犬には負ける。

犬は家のなかではパンくずには見向きもしないのに、外に出ると俄然はりきってパンくずに執着するのであった。私は何とか弱いせきれいにやろうとするのだが、犬に阻まれる。犬と鳥たちのパンくず争奪戦を見るのも愉快であった。

私は犬と鳥、そして大自然に抱かれて、慰められていたのだった。この地に来てずっとそうした日々が続いていた。

4

7月、姉のガンが再発したと連絡を受けた。この1年間姉と会うどころか、電話もしていなかったのだが、再発の話を聞いたとき、即座に姉の命は長くないと直観した。

ひと月遅れの誕生祝いの花とともに手紙を出した。わびの言葉といっしょに自分のことを書いた。乳幼児期の虐待が原因で人格障害で苦しんできたことを明かした。だから、お見舞いにも行けずごめんなさいと。単に母との行き違いくらいに思っていたらしい姉はびっくりしたようだった。

8月、花火大会に招待し、久しぶりに姉に会った。信じられないくらいやせていた。でもとても元気で、相変わらず明るく、よく笑う。私に会えたことを喜び、感謝する。本当になんて素晴らしい人なんだろう。

姉の力を借りて、母に会おうと思った。これが最後のチャンスかもしれない。

母からはときに手紙が来る。たまに私も出していた。母の手紙にはけっして私の望む言葉は書かれていない。苦しさを訴えても、まったくそれに応えない母の手紙を見るのは苦痛であった。

いや、母は、私の苦しみに対して何もできない自分のもどかしさ…といつも書いていた。私は母にしてほしいこと、言ってほしい言葉を書き連ねたりもしたが、それには応えない。

いつも母の手紙が来ると、どきっとして放り投げる。まるで爆弾でも入っているみたいに。そう、それはいつも爆弾だった。3、4日してどうにか手紙を開けた私は、がっくりとして気力を失うのが常であった。ただでさえ乏しい気力がさらに萎えていく。

夕刻、姉と一緒に母の家に行った。母は、驚き、泣き、私にしがみついてきた。私は母と密着するのはつらく、その手をはずした。母が落ち着くと「私に言う言葉は？」と私はたずねた。「言ってほしいって書いたじゃない。何回も」

母は「え？　何？　何だっけ？」と私の手紙を取り出し読むが、わからない。どうしても言えない。何度も目は文面を追っているのだが、なぜか言えないのだ。「じゃ、何が苦しいのか聞いてよ。それも何度も書いたじゃない」と言うが、それもどうしても言えない。繰り返し言ってほしい言葉を伝えた。じっと待っていたが、母は手紙を手にしながら呆然としているだけであった。台本があり、そこにせりふが書いてあるのに、どうして言えないのだろう。口うつしでせりふを伝えたのになぜ言えないのだろう。

やがて「一緒に住んでえ～」と母は泣きわめいた。

こんなに私を求めてくれる人は母しかいないのに、その母といることがおそろしくつらい。おまけに私の求めるものが何ひとつ伝わらないのだ。何とさびしいさだめなのだろうと思った。私はただただ力が抜けてゆき、涙がにじみ、いたく落ち込んで母のもとを去った。

5

秋、連休があると姉に来てもらった。ひと月に1度の割であった。夏に姉が来たいと言ったのだ。姉が来るという日は、もう大変であった。最低限の掃除、片づけをやらねばならない。私はずっと昔から掃除、片づけをする気力がない。足の踏み場もないなかで、姉がやってくるぎりぎりになってやっと動き出す。涙をぽろぽろこぼしながらざっと片づけ、掃除する。いつもいつもたいそうな努力を要するのだった。

姉はやせたおかげでひざへの負担がなくなり、いっしょに河川敷を散歩したりした。次第に弱っていくのが感じられたが、姉はいつも明るく希望に満ちていた。

2000年

1

この年、新年は静かに明けていった。姉が正月にやってきた。正月にこの家に来たのははじめてのことである。最初で最後かなとひそかに思っていた。姉はやせ細り、歩くことがずいぶんと困難になっていた。

最後かなと思いながらも、私は姉と話すことができなかった。姉が話すことに相づちを打つのが精一杯のことであった。やっぱり人といること、特にふたりでいることは苦しい。頭が真っ白で思いも言葉も浮かばない。にもかかわらず去年から月に1度以上も姉に来てもらったのは、もしかしたら姉に抱きしめてもらえるのではないかとひそかに思っていたのだ。抱きしめてもらいたいと思っていたのだ。

「つらかったのね」「よくがんばってきたのね」「あなたのこと大好きよ」などと言って抱きしめてもらえたらどんなにいいだろうか。何かがいっぺんに治るような気がしていた。こわばった心が溶けていくような夢を見ていた。

でも、そんなことはけっして起きなかった。やっとのことで「お姉さんと一緒に寝ようかなあ」なんて言ってみたが、その真意は姉には伝わらなかったみたいだった。それ以上言えず、私の思いは空振りに終わり、やがて姉は帰り、そして我が家へは二度とやって来ることはなかった。

2

2月になり、だいぶ意識が薄れてきた姉を一度病院に見舞いに行った。私がいることはわかるらしく、嬉しそうな顔をしてくれた。「お姉さんは太陽よ。いっぱいいっぱいありがとう」と言うのが精一杯だった。本当に愛そのものの人であった。すばらしい人であった。けっして幸せとは言えないことがあってもすべてを受け入れ、どんな人も愛で包むのだった。そして、私はそんな姉に何もできなかった。

2月の終わり頃に、姉がいなくなったらたったひとりになってしまう自分が苦しくて苦しくて、母に手紙を書いた。助けてほしいということを切々と訴えた。

結果は母がパニックになって、私の家を訪ねあて、ポストに「ああ、あなたがかわいそう…何だかわからない、変な気分になって…」などという手紙を投げ込んでいくこととなっただけだった。

いつになっても、母はけっして私を受け止めることができない人だった。その夜、母から電話があったとき、私は思わず「私は大丈夫。だから来ないで。今度こそいい先生を見つけたの。だから大丈夫よ」と口早に言い、早々に電話を切った。

でも、その角から母が不意に現れたらどうしよう、という緊張した思いにしばらく悩まされた。

やがてその言葉の通りに、去年Sさんに紹介された本を読んで感銘を受けたその著者に宛てて手紙を書きはじめたのだった。その人は、とある地方の教会の牧師さんで、海外で修行後、手広く心理療法を行い、多くの人々を救っているという人だった。その本では、心病む人を丸ごと受け止めて心を育てていくというもので、その昔、私が心理学を学んだ後、究極の治療法と思ったものがそれであったのだ。また休職してもいい。私を丸ごと受け入れてほしいと心底思った。

やがて来た手紙には、そのように受け入れる形はもう取っていないが、違う形でお役に立てるから、4月7日に来いということが書いてあった。

3

3月の半ば、姉が亡くなった。通夜、そして葬式と2日続けて母と会った。母はくしゃくしゃな惨めな顔をしていた。私にはちょうど餓鬼草紙にでも出てくるような卑しい存在にうつった。そしてそれ以上に卑しく惨めなのが自分だと思った。相変わらずどうでもいいことをしゃべりまくる母と、通りいっぺんの挨拶と適当な相づちしか打てない私。

私はその2日間、人といるのがつらくてたまらなかった。姉を悼むより、その場にいるのが苦痛であった。姉が以前、葬式には来てねと言っていた、その言葉があったので、やっとのことで参列したのだった。

葬儀の席で私は強く強く思った。母と私、ふたりの魂を磨きたいと。

私を愛してくれた姉に、私は今生では何も報いることができなかった。2度3度と私に言ってきた姉の強い願いがあったのだが、とうとうよい返事ができなかった。姉を心から楽しませることもできなかった。今生で何もできなかった私は、あの世で姉と笑いあって暮らしたいと痛切に思ったのだ。あの世で姉に恩返しをしたいと思ったのだった。

今のままではあの世で姉と一緒になれない。私のレベルが低すぎる。徳が高く、多くの人を愛し、多くの人に愛され慕われた姉と再び会うためには、魂を磨かねばならないと思った。ついでに母の魂をも救いたいと思った。

母と私、ふたりとも地獄に住んでいた。ふたりとも救いたい、救われたいと痛切に思った。方法はよくわからなかったけれど、魂を磨き高め上げたい。姉と会えるレベルに達したい。その思いを心の底に刻んでいた。

4

4月7日がきた。その日は入学式であり、そんな大切な日であったが、はじめて休みを取ってその教会に行った。とてもシンプルで清潔な感じがする教会だった。

その牧師は会うなり、調子よく言った。私の送った手紙を手にしながら、

「こんなにお母さんにひどいことを言われたりしながら、よくがんばってきました。でもあなたはもう大丈夫。あなたはご自分の経験を生かして、すばらしいカウンセラーになれます。もうあなたの足下にひたひたとそれが押し寄せているのがわかります。おお、もうまもなくです」

と、手をひらひらさせながらやたらしゃべりまくった。そして、

「今日はいっさい料金は必要ありません。その代わり…」

と言いながら、山ほどの本やテープを買わせた。

そして、

「あなたに合うカウンセラーは大勢います。今、そのひとりと連絡を取りますからね」

と言いながら、目の前で電話をした。

「もしこの人が合わなかったら、すぐ違う人を紹介できますからね」

などと言った。

なんとなく違和感はあったものの、この人の書いた本は私の希求する救いの図式そのも

のだったので、美しく静かなその町並みを散策しながら希望を抱いて帰途についたのだった。

しばらくたって、紹介されたカウンセラーと会う日がきた。50代だろうか、もの静かな婦人であったが、なんと、会う場所が近県のカラオケボックスなのであった。

そして、

「カウンセリングは3回か多くてせいぜい5回です。では、私をお母さんと思って言いたいことを言いなさい」

と言った。感情を表現することが大切なのだということだった。

初対面の人と、落ち着かぬカラオケボックスで向かい合って最初からそんなことができるわけもなかった。その人の体験談などを聞いた程度で終わった。

次の日の夜、あの牧師さんから電話がかかってきた。

「もうあなたは面倒みられません。あなたは重症すぎます。いいですか。私たちのカウンセラーというのはほとんど素人なんですよ。あなたのような重い人は他を当たってください」

と、一方的にまくし立てるのであった。この間の話とはえらい違いであった。何という人かと思ったが、他に当てもなくこれが最後と思っていたから、必死にその牧師さんに食らいついた。

「じゃあ、私に死ねとおっしゃるのですか。いろいろやってきて、もう最後かと思っているのです。私はあなたの書いた本に感銘を受けたのです。あのカウンセラーがだめだというのなら他の人を紹介してください。そうおっしゃったじゃないですか」

などと言っているうち、その牧師さんは、仕方なく自分が出張する折りにでも時間ができたらカウンセリングするということでどうか、などと持ちかけてきて、とりあえずつながっていることとなった。


結局、先日の素人婦人とまた何回か会うという形になった。次からは会う場所は喫茶店になった。

その人は悪い人ではなく、それなりに一生懸命であった。その人が、過去の傷ついた様々な場面を想起して、そのときの自分の感情を表現すること、そして朝、鏡のなかの自分をほめることなどを教えてくれた。参考にと、体験談の載っている本をくれたりもした。月に1回程度会っていたが、単に近況など話すくらいであった。私は単に誰かとつながっていたかったのだ。

でも、この婦人の言っていることは正解であった。私は今まで、母にそして専門家に私のすべてを受容してもらいたかったのだった。でも、自分で自分に働きかけるのだ、自分の力で切り開いていくのだということをこの婦人に教わった。

5

6月になって、母から手紙が来た。姉の納骨のこと、姉の誕生日が過ぎたことなどが綴ってあったが、その手紙に私は衝撃を受けた。たいがい影響は次の日あたりに伝わってくるのだ。

次の日、帰宅して台所のいすに座った私の背中が、突然とてつもなく痛んだ。その痛みは首から頭へと広がり、いても立ってもいられないほどであった。未だかつて経験したことのない痛みであった。やっとのことで布団に横になったが背中をつけることはできず、妙な姿勢で息を潜めているばかりであった。次の日も痛みは去らず、学校を休んでしまった。午後になって背中の痛みはどうにか去ったが、がんがんという頭の痛みはいつまでもとれなかった。次の日も休むこととなってしまった。
実はその痛みは、母に対する執着が去るためのものであったのだった。手紙は、2月末に私の助けてという言葉に応えられずパニックを起こした自分のことは依然自覚がなく、私の心にまったく響かぬことがらを書き連ねているだけだった
母には本当に欠如しているものがある。心からそう思った。母に求めても、期待しても駄目なのだ。3、4日寝込んでしまった間は絶望が支配し空っぽの心、この世でひとりぼっちの自分がとほうもなく大きく苦しくせまってきていた。苦しくてたまらなかった。泣くことができれば少しは楽になれるのにと思っても、泣くこともできず、ただひとり布団のなかで呻いていた。

その後、7月に入ってずいぶんと心が楽になった自分に気がついた。少なくとも、以前のようにどうにもたまらない幽霊みたいな気分に陥ることがなくなったのだ。現実から遊離して、身の置き所のないような感覚からは解放されていた。すごいことであった。50年余、慣れているとはいえ、つらくてたまらない病的な感覚であったからだ。

このとき、母に対する執着はずいぶんとなくなった。

姉が天国から私を引っ張り上げてくれたのではないかと思った。姉の死を間近にして私は母にすがったが果たせず、結果として母に対する執着からかなりの部分解き放たれて、楽になったのだ。

これが回復への具体的な道程の第一歩だった。

6

8月半ばのある夜、素人カウンセラーの婦人にもらった本を読んでいるうち、私の2歳半の頃の思い出がよみがえり、そのときの自分が生々しく感じられた。母にひどく叱られたときの場面である。止めどなく涙があふれてきた。母に対してそのときの感情は表現できなかったけれど、ただ驚愕と恐怖で真っ白になった心がよみがえったのだ。そして、母に対して、そんな言い方をしなくてもいいんじゃないか、という思いを持つことができたのだった。ただただ涙があふれいつまでも止まらなかった。

やがて白々と夜が明けた。私は今まで経験したことのないような喜びに満ちた自分に気がついた。

生き生きしている。この世に生きていることが実感できる。世界はすべて鮮明で、私の心は晴れやかだった。しあわせとはこれなんだと思った。


その日、大学時代の友人と何年ぶりかで会った。ほとんど苦しみを覚えずにその友人と過ごすことができた。嬉しかった。何より希望に満ち、喜びに満ち、私は輝いていた。

何日かたつとその大きな幸福感は少しずつ薄らいでいった。が、私はかつて記した母に対して嫌だと思うメモ書きをもとに、ひとつずつ母に対する感情を想起し表現する取り組みをはじめていった。

それは、夜、犬と散歩しながら行った。人のいない駐車場や河川敷で、場面を想起し、母に対しての思いを口にしたのだった。いつもいつも涙があふれてなかなか止まらなかった。「何でこう言ってくれなかったの」とか「何ということを言うの」とかなじった後は、決まって最後に「くそばばあ。人でなし」と叫んでいた。

幼稚園のとき、門柱などにしがみついて泣く私を、ただ力任せに引きはがして幼稚園に連れて行こうとした母や、苦しんでいる私に対して心ないことを言う母や、恐怖を訴えている私に無反応な母や、様々な場面の母に対して私は感情を表現していった。その度に何日か気分爽快な私になるのだった。

しかし、やがてそれも次第に効果がうすれていった。

そんな風にしながらこの年は過ぎていった。秋、あの素人っぽい、でも善良なカウンセラー婦人は、長く私と関わりすぎた、と言ってあっさり去っていった。本当に救われたければ、クリスチャンになりなさいという言葉を最後にして。

一方、牧師さんはきわめて商魂たくましかった。その後も、高額な心理関係の講座の案内などを次々に送って寄こした。12月には、クリスマスカードに、私のことを祝福しているというメッセージをつけて寄こしたりもした。表紙に牧師夫妻のにっこり笑った写真が載っていた。

恥ずかしいことではあるが、おかしな話をひとつしておきたい。

夏から秋にかけて、私は朝、犬の散歩中に粗相をしてしまうことが多々あった。10回はくだらない。家から1分とかからずに土手に出る。その左右4、5分足らずのところに公衆トイレが2つある。つまり、ほんの近くに3つもトイレがあるのだが、いずれにも間に合わないのだった。とんでもないことである。みじめで情けなかった。ついに老化、痴呆がこんな形でもきたかと思った。紙おむつを買って装着して出かけたこともあるが、そういうときには必要ないのだった。紙おむつは面倒なので、結局1、2度しか使わなかった。

ある朝、またとんでもない羽目に陥って家に帰った私は、トイレでふと、「やえちゃん、いいうんちがいっぱい出てよかったね」と、自分に言ったのだった。そのとたん、体中がぱあっと熱くなった。喜びが駆けぬけた。あっと思った。心の底で癒された小さな自分がいた。涙がこぼれた。鏡のなかではとてもいい表情をした自分がいた。ほほえんでいる。

やえちゃん、よかったね。本当によかったね。

その後、そのとんでもない事態は1回だけあり、そして終了した。3ヶ月足らずの間の出来事であった。

夏、はじめて私の心がゆるみはじめ、深い心の底で、幼い日に傷ついた自分が自己主張を始めたのかもしれない。1歳のときに受けた傷が静かに癒されたのだった。

2001〜
2005

2001年

1

21世紀という新しい千年紀に入った。取り立ててどうということもなかった新年だったが、白光で数回相談にのっていただいたTさんに宛てた年賀状に、私は母を受け止められるようになりたいと書いていた。苦しみのみの自分から一歩進んだ私だった。

近くにあったその本部の施設は2年近く前に閉鎖になり、富士山麓にある富士聖地が本部となっていた。別れ際、Tさんは世界平和の祈りを続けることと、いかなるときも守護霊様に感謝するといいですよと改めて私に告げて、遠く去っていったのだった。

Tさんは前年の春、私の手紙に答えてていねいな返書を送ってくれていた。

母と私は、自分の思いを正直に出し合うと共に傷つき倒れてしまう。お互いの命をむさぼり合う関係のようだと、私は手紙に書いたのだった。

Tさんの返書には「意識を3次元におかず、母と私のどちらかが4次元の世界に意識を向けてその世界に充満しているエネルギーを取り入れること。それは神様の世界に自分の意識を向け、丹念に日常生活のなかで祈ること。問題は私自身の心の処理のしかた、エネルギーの使い方にかかっている。全身全霊で祈ること。守護霊様に感謝することでエネルギーをいただくのだ」等と書かれてあった。

どんな日常生活の小さな事にでも、守護霊様に感謝することはずっと続けていた。折にふれ世界平和の祈りもしていた。でも、4次元の世界とかエネルギーとか全身全霊の祈りとかがいまいち分からないままだった。

2

3月の半ばのこと、古い友人であったKさんから電話があった。6年ぶりだった。Kさんの家のガレージで、Kさんは私に印を組んでくれた。印というのは白光真宏会に降ろされたもので、宇宙神の光、エネルギーを受け取り、自分に、あるいは他の人々に与えていくというものだが、そのときはもちろんそんなことは知らず、ただKさんが一心にやってくれるのを眺めていた。何の意識もないままにただ涙が目尻から一筋、二筋と流れていった。そのときは、自分のために赤の他人が何かを一生懸命やってくれることに感激したのかと思っていた。

次の日、世界が一変した。何とも言えぬ幸福感に満ち、エネルギーに満ち、明るさに満ち、生き生きとしたすごい私が出現した。

その春、私は長年在籍した学校を去り、新しい学校へと異動する季節を迎えていたのだった。片づけ、準備と忙しい春休みを送り、4月新しい勤務先へと赴いていった。やたらと挨拶をしなければならなかった。新しい人々と出会い、話さなければならなかった。やることが山のようにあった。

苦手な挨拶が大した準備もないままにするっとできる自分に驚いた。新しい勤め先でも、古い勤め先でも、与えられた時間に応じて自在にできる。

巧まずして周りの人を楽しませ、笑い転げさせていた。生まれてはじめてのことだった。

私の周りはいつも笑いと明るさに満ちていた。

子供に説教していても、ひとりでに言葉が出てきてそしてそれが子供の心にみごとにしみ通るのだった。そんなことはかつてなかった。自然法爾とはこういうことかと思った。普通の授業でもそのとき、その場に応じた話が自然にでてきて、我ながらすごいと思うことがしばしばであった。子供たちが引きつけられているのがわかる。

人とふたりでプレゼントの品をデパートに買いに行こうなどということも、心楽しく実現してしまった。

道を歩いていたとき、左折する小型トラックが自転車を巻き込んで転倒させ、そのまま走り去ろうとする場面に出くわした。道のこちら側から、私は腹から出る声で「待てよ」と叫んでいた。トラックは行ってしまったが、その後倒れている人に声をかけたりして、てきぱきと行動するのだった。幸いけがもなく、その人は私に礼を言って立ち去った。私にしては信じられないような行為をしたのだった。いつもは人の後ろで黙って見ているだけの私がだ。

河川敷で黙って祈っていると、鳥たちが飛んでくるようになった。特にカモがすごかった。岸から20メートルくらい離れて立っていると、川の中程からも必死に集まってくる。

岸辺に立つと50メートル先から羽音をたてて飛んでくる。水面にV字の波形を描いて一心に泳いでくる。快感としか言いようがない。数羽から多いときは数十羽もいた。

今の見た？　と心のなかで誇らしく思い、周りを見回しても誰ひとり気づかなかったが、私は毎日楽しんでいた。もちろん、餌はちらつかせない。ときを変え、場所を変え、服装を変え、彼らが北の国に去る日まで飽くことなく楽しんでいた。

1番驚いたのは、神様のメッセージとしか思えない予知というのだろうか、ある響きが私の頭に伝わってきたことだ。1回はいとこと食事をしていたとき、入院しているその連れ合いの病状のことを話していると、「夏頃」という言葉が響いてきた。すぐに「夏頃よくなるよ」と、いとこに伝えた。ちょっとずれたが、秋のはじめに驚くほど回復したのだった。

2回目は、新しい職場で子供たちの朝礼があった日のこと、まぶしい朝日を左手でさえぎりながら話を聞いているとき、ある言葉が響いてきたのだった。これは実現する前に私はこの職場を去ってしまったので何とも言えないのだが。

というようなことがてんこ盛りであった。私は神様の操り人形かと思った。自分はどこに行ってしまったのかと思った。私が何も考えなくともひとりでに言葉が出てきて、行動しているようであった。そして、すべてがすばらしいのだ。信じがたいことばかり身に起きた。なんとすごいのだろう。

私は迷わず白光に入会した。4月の下旬であった。白光を知って7年が過ぎていた。Tさんは入会をとても喜んでくれた。このときまで知らなかったが、しばらく前にTさんはたいそう重要な役職に就いていたのだった。私の運命に大きな転換をもたらし、自分の運命に確信を持つであろう、と、送られたカードに書かれてあった。

しかし、5月も半ば過ぎると神懸かりの私はどこかに消え失せ、以前の自分となっていった。急にはじけるような明るさがなくなり、しゃべらなくなった私に周囲の人は心配したようだった。この職場が気に入らないのかとか思われたようだった。あまりの落差の大きさに1番びっくりしたのは私かもしれない。

後でわかったのだけれど、神様は最初に飴を与えてくれることがしばしばあるとのことだった。その人の信を深めるために、その人に応じた形で奇跡といわれるものを現してくれるのだそうだ。私は業におおわれる以前の、本来の自分自身を体験させてもらったようである。

それより以前に、すでに私はハードなその職場の勤務態勢に参っていた。毎日午前中4時間びっしり授業が詰まっているのだ。5、6年生の家庭科8クラスの他に、3、4年生各2クラス、合わせて関わる子供たちの数は週450人であった。息をつく暇がない。家庭科というのは準備に大層時間がかかるのだ。また、与えられた時間内で各クラス足並みを揃えていかなければならない。ひとりひとりの子供を心から尊重して、全員意欲的に学習に取り組ませたいと、きめ細かく子供たちに対処していくことは容易なことではなかった。

午前中で私は疲労困憊となり、午後は以前にも増して使いものにならなかった。昼食のために座ったら、その後立ち上がるのが一苦労であった。足と腰はもちろんのこと、頭も心もぎしぎしときしみ、悲鳴を上げている。また、この職場は補教といって担当のいないクラスの面倒を見ることが非常に多く、午後はそれにかり出されることが度々あった。おまけにこの年度から勤務時間が延び、職場は8時間45分勤務となった。4時から45分休憩とか言っても、実際に休憩など取りようがないのである。通勤時間も前に比べ3倍近くかかるようになっていた。しかも、朝は準備などのため、30分から1時間は早く出勤する。

毎日私は、夜8時には倒れるようにして眠るのだった。ときどきは午後1時間休暇をもらって早く帰り、6時過ぎに床についていた。何をする余裕もない。ぎりぎりやっとのことで日々を過ごしていた。でも授業だけはけっして休まなかった。休んだりしたらその分を取り返す時間も体力も余裕がないのだ。

3

5月の末、私はひとりではじめて富士聖地に行った。富士聖地は富士山の麓にある白光の本拠地で、様々な行事が行われている場である。長距離のドライブをめったにしたことのない私は、首都高速から中央高速へと走る間、恐怖にかられながらハンドルを固く握りしめて運転していた。ときおり、雨が降っていた。トンネルを抜けると土砂降りの雨に見舞われたりして生きた心地もしなかった。

どうにか富士聖地に着いたときには頭が恐ろしくぼーっとしてしており、疲れ果てていた。雨は上がっていた。

それが、着いて3、4分もたつと、あっという間に頭がすっきりしていたのだった。疲れもまったく感じられない。そして帰り道の運転では、とても幸せな気分で鼻歌を歌いながら楽々ハンドルを切っていた自分がいた。

なんかすごいところだ、富士聖地は。よくわからないながらそう思った。


7月の終わりに、またひとりで出かけて行った。

そこには7つの場というものがあり、そこで所定の行を行うことによって、すべてが赦され、すべてが成就し、自らの神性が顕現するといわれている。そこで私は、自分の否定的な思いや苦しみなどを紙に書いていった。書いていくうちに、涙と共に心が洗われていくのを感じていった。3つ目の願望成就の場で、私は「自分を愛することができますように」と書いた。12月末日を期限とした。ここは真理に則った願い事はすべて成就されると言われている。

私は、何ひとつ人並みにできない自分が嫌いだったのだ。特に人とのコミュニケーション能力が欠如し、気力がなく、何事もなしえない自分をいつも責めていたのだった。ザル頭で何も残らない、そんな私が大嫌いだったのだ。

その後いくつかの場の行をやり遂げ、さらに気分爽快となっていった。

4

クリスマスを数日後にひかえた朝のことだった。いつものように河川敷で犬の散歩をしているときに、Kさんに言われたことを思い出していた。ほとんど頭が働かない自分を嘆いていたら、「無限なる健康」とか「無限なる能力」とか言ってみたらきっとよくなるよと言われたのだった。今こそ実践してみようと思ったのだった。

そして、自分の頭に向かいながら、無限なる健康と言いかけた。とたん、頭にビビッと電流のようなものが走り、

「違う、私の頭は今まで精一杯働いてきたんだ。これ以上働けなんて言うのは間違っている。ありがとうと感謝しなくちゃいけないんだ。私は本当に精一杯がんばってきたんだ。よくやってきたんだ。すばらしいんだ」

というような思いが一気に駆けめぐり、涙が滂沱《ぼうだ》とあふれ出てきたのであった。すべて

一瞬のできごとだった。７つの場にかけた願望が成就した瞬間であった。はじめて自分をいとおしいと思えた瞬間だった。

それからは幸福感にあふれ、愛とエネルギーに満ちたすてきな自分が存在したのだった。それは１ヶ月ほど続いたのだった。

２００２年

1

今までで最も幸せな気分で新年を迎えていた。私は、高速をすっとばして富士聖地に出かけていった。前年の願望成就に感謝して取り下げると共に、新たに今年の願望をかけるためである。

気持ちよく晴れた日であった。何もかも美しく透明感に満ちた祝福された1日であった。

2月に入って幸福感がうすれると共に、入れかわりのようにものすごい疲労感が押し寄せてきた。午後の会議が始まると席に着いた途端熟睡してしまうのだ。眠くなるのは常のことだからと濃いコーヒーをなみなみと大きなマグカップに注ぐのだが、それに口を付ける前に眠りに落ちてしまう。カップに指をかけたまま吸い込まれるように寝てしまうのだ。30分は眠ってしまった。その次の週も同様であった。うっすらいびきすらかいていたと言われた。

そのうちに、次第に慣れ親しんでいた感覚がよみがえってきた。朝、学校に行くのがおっくうなのである。鬱を自覚した。

この1年間と同じ日々をもう過ごすのは嫌だ、と全身の細胞が叫び声をあげていた。

この1年、とにかく毎日疲労困憊、夜8時には倒れ込んでいた。テレビなどひとつも見なかった。暑い季節は毎朝シャワーをさっと浴びていたが、寒い季節になると風呂に入る気力もなく、3日に1度くらいやっとのことで風呂に入っていた。週に1度、何とか早く帰り、6時過ぎに寝込んでいた。毎日毎日同じであった。もう無理だ。心と体が悲鳴を上げていたのだった。

鬱は日を追ってきつくなっていった。仕事の処理能力はいっそう落ち、人との対応も厚いガラスを隔てた遠いところでの出来事のようであった。

3月にははっきり学校に行きたくない思いを抱え、重い足を引きずりながら日々を過ごすようになっていった。

このままでは休職する羽目になる。収入が減ったら2件の家は維持できないし、早急に何とかする必要に迫られた。以前と違って、2度目の休職は少なくとも1年後には退職につながるのだった。自分の身は自分で守らなければいけない。とにかく来年度は授業時数を減らし、関わる児童数を減らすしかない。本来の家庭科だけとし、3、4年生は遠慮する。

そしてさらに、それが通らなかったら、あるいは通っても鬱が続いたら、精神科へ行って勤務軽減措置の診断書を書いてもらおうと思いついたのだった。午前中授業だけして帰る。以前の経験がよみがえったのだ。

思いつかせてくださった守護霊様に感謝した。

3月も押し迫った頃に管理職との交渉があり、必死の思いで望んだが、その場では思ったより好意的に私の主張を受け入れてもらうことができた。その後職員会にかけたが、これは難航した。11時に始まって昼食もとらず、2時近くまでかかった。多くの反対意見があったが、何とか来年度は5、6年生の家庭科だけということになったのだった。

そして春休みとなり、相変わらずの鬱を抱えていたある日、Kさんの誘いの電話が鬱を吹き飛ばすというすごい奇跡が、こともなげに起きたのである。

Kさんは、富士聖地にあるピラミッドに行こうと私を誘ってくれたのだった。でも私は行きたくなかった。せめて春休みの数日くらい、家で寝たかったのだ。鬱だから行きたくないと何度も断った私に、そんなときだからこそ行く方がいいんだと、私のためを思った言葉が続いていくうち、私に重くまとわりついていた鬱があっという間に消えた。鬱々とした気分が瞬く間に明るくすっきりとした気分に変わってしまったときの驚きは、奇跡を何度も体験してきているのだが、またひとつ違った味わいのものであった。

Kさんを通して、神の光が流れてきたのであった。私たちは神の光を受け、放射する器であると言われている。特に愛とエネルギーに満ちたKさんからは、電話の声だけで鬱をかき消すだけの光が私に与えられたのだった。

すごいことであった。

2

9月になって、私は白光会長の昌美先生の本を無性に読みたくなった。それも、10年くらい前に出版された古い本をである。9月末に富士聖地へ行ったとき3冊買ってきたが、そのなかにはぴんとくるものがなかった。そこで、10月に入って連休の初日、ひとりで富士聖地へ出かけて行った。行楽シーズンということで渋滞し、往復で10時間もかかる大変なドライブとなってしまった。でも、不思議に疲れは感じなかった。

その夜、3冊目の本を読んでいくうち、ふうわりとしたものに包まれた心地がしていた。翌朝目覚めると、私は幸福感に満ちた、懐かしいすてきな自分になっていた。

その書のなかの真理の言葉が心にしみいり、自分を赦したのだった。私はこれを求めていたのだった。9月からしきりに読みたいと、私の心の奥からメッセージが届いていたのはこれだったのだ。

自分を愛しているはずだったのだけれど、やっぱり人と関わるのがつらい自分を、どこかで赦していなかったのだ。責めていたのだ。

自分の直観を大事にすること。素直に従うこと。これを教えていただいたのだった。自分のなかの神が、あの本だよ、自分を救うのはあの本だよと教えてくれていたのだった。

今回のすてきな出来事は、特に肚がすわった自分というのを体験させてもらえたことだった。ちょうどこの年は親睦会の幹事に当たっていたが、その親睦旅行に際してホテルや業者の不手際があった。その交渉をひとりで苦もなく、むしろ楽しんで、そして相手も生かしながら解決していったのだ。自分ながらすごいなあと思った。ふだんの自分からは想像だにできないことだったからである。本来の私ってこんなにすごいのかと思いながら、今度こそこんな自分が続くのだと思っていた。

しかし、これも1ヶ月ほどでいつもの自分に戻ってしまった。あーあと、ため息をついた。

3

11月に展覧会があった。この秋は学校の大きな周年行事があり、それのために多くの時間が費やされ、展覧会のための準備時間を思うようにはとれないなかでの実施であった。図工専科が新人であったため、私がまとめ役ということになった。

信じられないほどにすべてがうまく運び、大成功であった。私が経験した展覧会のなかでも最もすばらしかったと言える。教職員が一丸となって、力を総結集したからこそであった。自分のまとめ役としての動きもまんざらではなかったような気がして、そんなことのできた自分がとても嬉しかった。

私は展覧会の2日目の午後、2時間休みを取って帰宅し、何もせず倒れ込むようにして眠った。11時間眠った。続く土曜、日曜と、いずれも11時間眠った。3日連続、吸い込まれるように11時間の眠りを必要としたのであった。

我ながら尋常ではないと思った。

展覧会のために大した無理はしなかったからである。

展覧会までは、休日の土曜日に1日出勤した。作品の準備はできていたのだが、パソコンで児童数分プリントアウトしたいものがあったのだ。パソコンの動きが重くてなかなか捗らず、やむなく出勤した。

月曜日は定時の5時に退勤した。火曜日も5時に退勤したが、ほとんどの人が残って作業しているので責任者として見回るくらいはした方がいいかと、途中で戻ってきて結局6時に退勤した。水曜日は、前日準備ということで7時。それだけであった。多くの他の人たちよりはるかに短い勤務時間であった。

それなのに、私は泥のように連日眠り込むのであった。しかも、それでも足りないくらいだった。私は普通の人のようには働けないのだ。

この年の暮れ、私は自分らしく生きるということを考えていた。ちょうど12月に研修があり、性同一障害の人の講演を聞いたのである。自分らしく生きる。それは私の場合、無理して仕事を続けなくてもいいのではないかという思いにつながっていった。

4月から私は授業時数を減らしてもらったが、それでも私には精一杯だった。相変わらず夜8時には床に倒れ込んでいた。8時というのは、帰宅してビールを飲んで刺身をつまんで、犬の散歩をするという最低限のことを済ませた時刻である。それ以外のことは何ひとつできなかった。そして朝は何とか起きだし、授業だけは休まずにやってきた。たまに出張で5時より早く帰れたりすると、無性に嬉しかったりしたものだ。情けなかった。

こんな生活を毎日続けるのはおかしいと感じはじめていた。ほとんどの人にとっては楽々こなせることなのだろうけれど、私にはできない。できないことなのだ。

そして、学校の1年間の反省を書く用紙が公開されたとき、私の思いは決定的になった。私の持つ授業時数が少ない、もっと持つべきという意見が目白押しであったのだった。20名近い人がそう思っていた。専科は、何よりも担任の負担を軽減する存在として望まれていた。それがはっきりしたとき、私は一晩泣き明かしてしまった。私の文字通りの精一杯は通用しない。それどころか、私の存在は周囲に喜びを与えていないのだ。

この年から学校5日制になり、週日に入る日程が過密になり、勤務体制もますますきつくなり、現場の教職員は息つくひまもない。それは重々わかっていた。

この学校がめったにないほどクラス数が多い大規模校であったため、専科は5、6年生を担当するだけでも実は手一杯であった。もっと少ない規模であれば、専科はいくらでも他学年の授業に回る時間的ゆとりがある。職員の意識の問題ではないのであった。みんな本当に気持ちのいい人ばかりの職場であった。問題は、私がいくばくかの障害を抱えているという現実だけであった。

自分らしく生きたい。自分を大切に生きたい。

それには仕事をやめるしかない。でも、やめたら2件の家は維持できない。10万円あまりの家賃を払っていけない。いつも思考はそこで止まってしまっていた。宝くじが当たらないだろうか。いつもより痛切にそう思った年の暮れであった。

2003年

1

奇跡の年が静かに明けていった。神業のみごとさに、私はただ目をまん丸くして眺めているだけであった。

冬休み中ほとんど寝て暮らしていた私は、1月6日、初春の穏やかな日差しの下、駅前の銀行に行くべく自転車で町中をのんびり走っていた。朝起きてからずっと、なぜか心が軽く浮き立つような気分であった。

「今、お母さんに出会ったら、にこにこしてこんにちはって言えるな」

ふと、こんな思いが湧いてきた。生まれてはじめての思いであった。物心ついて以来、街角で見かけようものなら、どきっとして一瞬硬直し、母が気づかぬうちに脇道にそれて、できる限り顔を合わせないようにしていたのだ。つい最近までそうであった。似たような着物姿を見ただけでいつも足は止まり、息を詰めていた。

これは、母を受け止められるようになったということなのだろうか。

10日夜、帰宅すると留守電が入っていた。それは母の入院を告げるものであった。前日転んで骨折し、10日になって入院したとのことであった。えっ、と思うまもなく続いてもうひとつ同じことを知らせる電話が入った。その電話に応対しながら、私はこみ上げる笑いを抑えることができなかった。強く思ったことは実現すると言われている。自分らしく生きたい、自分を大切にしたいという強い思いを心の底で抱いた私に、神様はあっという間に応えてくれたのだった。なんという早業なんだろう。神様ってすごい。母のけがが大したことがないという安堵感と共に、私は思わず笑い声を上げていたのだった。

瞬時に私は決めていた。

仕事を辞める。そして自宅に戻る。

まずは介護休暇を取り、3月末の退職につなげていく。

介護休暇の間は、私に代わる家庭科の講師を頼む。

入院が2週間なので、2週間後から介護休暇に入れるようにしてもらい、職場で、そして自宅で様々な準備をはじめていった。


気がつくとモーニングコーヒーの習慣がなくなっていた。少なくとも10数年というもの、特大マグカップになみなみと注いだコーヒーを寝起きに飲まなければ、動けなかったのである。そうでないと1日ははじまらなかったのだ。それが何故か飲まなくなっていた。

同じ頃、たばこを吸うとこんこんと咳が出るようになった。さらに夜、寝床に入ると激しくせき込むようになった。ああ、ついに肺ガンにつかまってしまったか、と思った。でも、たばこがある限り咳き込みながらも吸い続けていた。ついに最後の1本がなくなるときがきた。あ、終わりだと思ったら、それきり二度とたばこを買おうとか、吸おうとかいう思いはなくなってしまった。20歳の誕生日からちょうど35年と4ヶ月にわたる習慣が、あっという間になくなってしまったのだ。

たばこの習慣がなくなると、帰宅してから飲む缶ビールの量が突然多くなった。もう仕事をやめると決まったのにどうしたことだろうと、いぶかしく思いながらも毎日500㎖缶を3本、ときには4本くらい飲んでいた。もう飲むのが苦しいと思いながらも飲んでいた。飲まされているという感覚であった。2、3日して買い置きがなくなったら、ぴたっとビールを飲まなくなってしまった。飲もうという気がまったくなくなったのである。在庫をせっせと消化させられたのであった。これは、たばこよりはるかに長い習慣であった。飲みはじめて38年にもなるだろうか。

この間、10日あまりの出来事であった。すごいことがこともなげに起きた。

そう、もうひとつ…この頃から自然に食べる量が少なくなっていき、体重が減っていったのである。2、3ヶ月で8キロは減った。

母が怪我をしたときの様子は、まさに神業であることを念押ししてくれるものであった。

美容院から出てきた母の足元、歩道の縁石が一カ所えぐれていたのだが、そこにつまずいたのではなく、その場に立ちどまって、目の前を大きなトラックが通るのをちょっと怖いなと思って眺めていたとき、何かに押されたのだという。何かの圧力を背中に感じたのだという。背後にはもちろん誰もいなかった。

そして、母が骨折したのは右上腕部なのである。動くのもままならぬ足とか腰ではなかった。しかし、利き腕なので、明らかに日常生活に不自由をきたし、「介護」を必要とするのだ。

こうして、すべては整い、着々と進んでいった。

職場を去ることにまったく未練はなかった。この20年近く、借金返済、休職、別居と続く間、満足な貯えはできなかった。その上に給料がなくなるという大変な経済面も、まったく頓着しなかった。すべては必然であった。様々な書類を処分しているときは、本当に嬉しくてたまらなかった。すべて捨て去った。

この職場での2年近く、他の時間ではさわいで大変だと言われているクラスも、歩き回ってどうしようもないという子も、すべて私の授業では一生懸命がんばる子供たちに変身していた。みんなとても素直であり、かわいかった。私は「家庭科」という手段を通して、300人の子供たちに関わっている時間をとても大事にし、そして楽しんでいたのだった。

でも、何の迷いのかけらもなかった。

そして波動の細やかになった自分を実感していた。

特に最後の2、3日の授業では、いつにも増して信じられないほど、しっとりとした、すばらしい手応えを感じていた。子供たちがひとりひとり静かに集中している。教室中に、金や銀の小さなかけらがきらきら輝きながら舞い降りているような感じがしていた。足下は色とりどりの花で埋めつくされているような気がした。鮮やかな色ではなく上にうすい紗がかかったような感じである。それは舞い降りた金や銀のかけらのようだった。祝福されていると感じていた。

そのときだけ、一瞬、私はこのようなすばらしい時間と空間を永遠に手放そうとしているのか、もったいないことだなと思ったのだった。

2

入院が1週間のびて、2月1日から、もとの家での母との同居生活が始まった。夢の生活のはじまりであった。母は驚くほど変わっていた。人の悪口をいっさい言わない人になっていたのである。止めどないおしゃべりも影をひそめていた。感謝で生きる人になっていた。聞けば、自分でもいい顔になったと思っていると言うのである。

姉の納骨に私は行かなかったのだが、そのときに「これから私は誰を頼ればいいのお～」と叫んだという母だった。それから3年足らずの間にずいぶんと変容をとげたものである。

姉の亡くなった年の夏頃にガンだと言われ、姉が逝ったあの世なら自分も逝くのは怖くないと思ったのが発端らしい。私が別居していて会うこともない日々であり、どうなるのかもわからない。そんななかで、どういう状況でお迎えが来ても構わないという、たいそう穏やかな心境になったそうだ。そして、この2、3年の私からの送金が、はじめて彼女の心にゆとりを感じさせ、すべてに感謝する気持ちが湧いてきたらしい。

80代の後半に入っても、人はこんなに変われるのか。私は驚き、喜び、神に感謝したのだった。姉があの世から、私同様に引き上げてくれたのかもしれなかった。姉の葬儀で心に誓った思いが成就しようとしているのだろうか。

が、早くも次の日あたりから違和感を覚え始めていた。私は日毎に苦しくなっていった。食事の支度などはもちろん私がやるのだが、やることは別に何ともないことであった。買ってきたものを並べる程度だ。でも、それがどんどん苦しくなっていった。母を車で送るのが特につらくなっていった。母に頼まれるということは、最大の弱点なのだ。ずっと昔から、母に頼まれる、頼られるということがものすごい苦しさと、嫌な気分を私にもたらすのだ。

胸がふさぎ、息が詰まり、顔を見るのが嫌で、とにかく苦しくてたまらなかった。7年前の家を出る以前と変わらないような自分がそこにいた。

「何、これは。神様は何を間違ったの！」

必死に祈り、印を何回も組んだ。でも、苦しさは解消されない。

母に気づかれぬようにしていたが、日に日に顔が険しくなり、すぐにわかるようになってしまった。

ある日、私は母に向かって叫んでしまった。

「私は、仕事も家も何もかも捨ててきたんだよお～。神様は何を間違ったの？　もう私はここにいられない。すぐに家を出ていく。田舎に小さな家でも借りて暮らすから！」

「いやあ！」

と、ひと声甲高く叫んだ母の声。その声は、まさに幼子のそれであった。

母は、ある程度は自分の言動のせいで私が苦しんだことをわかっている。

「あんたには悪いことをした」と言うそばから「でも、白光の教えに自分を責めてはいけないとあるから」と、すぐにけろっとする。以前、白光のリーフレットを何冊か母に送ってあった。

私にしてみれば、そこでどうしてもっと悩まないの？　3日くらい何も食べずに苦しんだっていいじゃない、と思うが、彼女の思考回路はそうはならないのだった。

7年ぶりによく見た家は私が出たときと何ひとつ変わっていなかった。厳密には、違うところもある。母の使うタオルが変わっていた。もちろんカレンダーも。それを除けば、後はみごとにそのままであった。私の汚いスリッパがそのまま一階の床においてある。装飾はいっさい変わらず、古びたままそこにあった。私のタオルもそのまま。冷凍庫には、7年前、私が入れたという刺身が結構なかさのまま入っていた。

「これはあんたが入れたのよ」

と言う母の説明を聞いて、恐ろしく気持ち悪かった。何を考えていたの、この人は。

3

あまりの苦しさに、2月中旬、白光の、過去も未来もすべて見えるという人を訪ねて相談することにした。その人は、簡単な私の話を聞いた後、持参した母の写真を一目見てこう言った。

「この人はもう長くはありません。因縁を浄化するためにあなたは呼び戻されたのです。この人は、幼い魂であなたに依存し、あなたのエネルギーを奪うことで生きてきました。そういう人だと思って聞き流して、あなたはあなたの好きなことをやりなさい」

その人は、母が長くは生きないともう一度言った。そして、私が母から逃げれば、私の因縁は浄化されず、またどこかで同じような事態に直面するのだと言った。

納得した。母が幼く、はじめから私に頼り、支えられることによって生きてきたことを瞬時に看破したので、その人の言うことすべて信じることができたのだ。

よし、逃げないで立ち向かおう。そう思った。でも、好きなことをしろと言われても、私には好きなことなど何もないのだった。

たった3週間の入院生活と退院後の家でのほとんど動かない生活で、急激に母の足は弱っていった。同時に、母は、身の回りのものを処分すると言いだし、押し入れのものなど私にいろいろと片づけさせはじめたのだ。あれもいらないわね、これも。まなざしはどこか遠いところを見ているようであった。

ときどきおかしいことも言い出していた。めまいがするとか、急にけいれんのような震えがきたとか言う。また母は、私が話した世界平和の祈りを口にするようになっていたのだが、祈っていたらおなかのあたりに何か気配がした、何か乗り移ったとか言う。まだらぼけのようにもなっていった。

ああ、こうして次第に動けなくなり、寝たきりになり、亡くなるのか。それも近いうちに。

3月も末の頃、母は、白光に入会すると言い出した。母は単純に、私が家に戻ってくるというこんな御利益をいただいた教えはすごい、感謝の意味で入りたいというのであった。そして、私が喜ぶに違いないと思ったというのだ。

そのとき、私は「ええ？　入るのお～？」と、当惑した顔ときわめて消極的な反応を示したのだが、表だって反対するいわれはまったくないし、母は私の微妙な反応などわからない人であったので、入会届を出すことになったのであった。

4

白光に入会したことで、母の運命が変わったように思われた。

4月のある日、母の萎えかけた足をよみがえらせてくれる、魔法のような施術をKさんがもたらしてくれたのである。3回ほどKさんが来宅するうち、母は日を追って生き生きとしていった。まともになっていった。死の陰が遠ざかっていった。

反対に、私はどんどん苦しみのなかに入っていった。ある日、この家にたったひとり残される自分にはじめて直面し、すさまじい恐怖感を感じたのだ。それは、胸を鋭い錐のようなもので突き刺し、えぐるようであった。

私はひとりぼっち。孤独になる。息もつけないほどの苦しさであった。それが何日か続いた後は、白光の集会や講演会に母を案内しなければならないことがその苦しみに代わっていった。

母と過ごす日々が苦しいなか、私は唯一白光の集会に参加するときに息をつけるのであった。人との関わりではなく、その場と、そこで祈りを捧げることがいっときの心の平安をもたらすのであった。その場に母を同道する。そんなことは考えられないことであった。私にとって、母との生活を何とか耐えるために存在している場所に、母と行かねばならない。

母が会員になった以上、母の足で行けるところには案内する義務がある。個人的な感情を別にすれば、母が入会したことはすばらしいことであるとわかっていたので、私にとって紹介するのは当たり前のことであったし、しなければならないことであった。

当日の朝は、苦しくて苦しくてどうにもならなかった。いくら祈っても、印を組んでも苦しくてたまらない。午前中、もう一度犬を引っ張って人の来ない空き地に行き、必死に祈りや呼吸法や様々な方法で自分の苦しさをなだめようとした。涙がぽろぽろこぼれ、いつまでも止まらなかった。

そして、何とか母と同道した。でも苦しさは深まるばかりであった。胸が締め付けられるのだ。息ができない。

また、私の今生で今まで身に付いたありかた、人と関わる困難さ、苦しさが私を襲う場面にも何度か遭遇することとなった。気力がなく何もできないこと。動けないこと。母といることの苦しさ。頼まれる、頼られることのいたたまれなさ。

いくつもの苦しさが、日替わりのようにして入れ替わり立ち替わり私を襲うのであった。

4月のある日、集会で世界平和を祈っているとき、自分の思いが明らかになったことがあった。心をおおっている薄い膜のようなものがいっときはぎ取られ、涙と共にあらわになった。

「私は母を赦していない。母をぶちのめしたい」

表面にうすい木の皮がついている太い丸太で、母をぶちのめす。庭先で足腰が立たないくらいぶちのめす。そして一晩か二晩、そのまま外にほったらかしにする。

鮮明なイメージが一瞬に描かれた。すうっとした。

そのときから数時間、私は自分の心がはっきりしたことで、気分よく過ごすことができたのだ。思いの中身はともかく。

集会は、私をいっときでも救ってくれる。おまけに世界の平和のために役立つというのなら何とありがたいことか。私は幾多の集会を訪ねていった。

実は、私の抱いた、母をぶちのめしたいという思いを、私は母に話したのだった。穏やかに話したのだが、母は目を閉じ「どうぞ」とだけ答えたのだ。その反応に少し驚いた。

5

7月のある日、それは母の米寿の祝いを済ませた何日か後に、私は母に言った。

「私を愛しているとか、大丈夫だよとか、好きだとか言ってほしいの」

母は一瞬の後、こう言った。

「ごめんなさい。…できない。…ずうっと、あんたはえらくて立派で、どうしてもそんな風に思えない」

私は2階に駆け上がっていった。泣き顔を見られないように。

それは、母に一度でいいからそんな言葉を言ってもらえたら、抱える苦しみが少しでも減るのではないかと思って、やっとのことで話しかけた結果であった。50年あまりにわたって、ずっと渇望していた言葉であった。一度も言ってもらえなかった言葉であった。

その夏、富士聖地に5、6回行った。いくつもの行事に参加し、自分の心を見つめ、浄めようとしていった。

この20年間、自分が救われてきたことを書き出す作業を通し、神の愛を再確認すると共に大丈夫だという思いを強く持ち、自分を鼓舞したりした。

真理の書を何冊も読んだ。テープも山ほど聴いた。集会にもたくさん行った。

想念、言葉はすべてを作り出す源だ。だから否定的な言葉は使わず、常に明るい肯定的な言葉を使う。回復した明るく輝く自分のイメージをいつも念頭に描き、またそれを言葉にする。苦しみはその度に消えてゆく姿として感謝して祈りのなかに入れてしまい、とらわれない。すべてに対して守護霊様に感謝する。毎朝の祈りや行だけでなく、日常いつもそれらを意識してできるかぎり実行していった。

でも苦しかった。変わらず苦しかった。

6

日替わりのような苦しさのなかであえぎながら、私の心は次第にひとつの方向へと集約されていった。私の誕生日までには決着をつけたい。私の誕生日は8月下旬である。自分の誕生日に、母に感謝しようと決心を固めていったのである。

いつの頃からか、誕生日というのは祝ってもらう日ではなく、命をいただいたことを神に感謝し、生んでいただいたことを親に感謝する日ではないかと思うようになっていた。今もって、生きていることを十分には喜べない日々を送っていたので、素直ではないけれど、それでもそうすべきだと思うようになっていたのである。

素直になれないぶん、持ってまわったおかしな言い方になってしまった。

あなたが生んでくれたので、親子となって、私の持つ因縁が浄化されることになって感謝している、と。

ともかくも、ありがとうと伝えることはできた。

言うことができたのは、ひとつには、私のメル友K子さんの励ましがあればこそのことであった。K子さんは2年来の大切な法友であり、なかなか人と関われない私と強く関わってくれたありがたい存在なのである。年若いが尊敬できる、素晴らしい人であった。いつもメールで御教えを熱く語ってくれる。

さらにもうひとつ、私たちは永遠の命であり、自分の運命はすべて自分に責任があるという教えが次第に心にしみ通ってきていたのだった。過去世に私が母にしたことが今生に返ってきたのだから、これでいいのだと、私は繰り返し自分に言い聞かせてきた。すべて、よくなるために生じたことなのだと言い聞かせていた。

過去世の負債を今生で支払うのだと言えばわかりやすいだろうか。すべての出来事はそうなのである。そのために自分で親を選んで生まれてくると言われている。

したがって、私が今生に生まれた意味は、このような形で苦しみを体験するためなのだと思うようになっていた。私は、苦しみのみの自分の人生を受け入れはじめていたのだった。

頭がよく働かないことや、容姿に恵まれなかったことも含めて、私は少しずつ自分を受け入れてきていた。人並みのことは何も体験しなかった。楽しい子供時代や青春、結婚とか子供とか、あるいは仕事のキャリアとか。そういうものは何もなかったが、それらはすべて過去世で十分体験したのだから、いいのだと思うようになっていた。

あらゆる苦しみは、断じて人のせいではないのである。すべて自分のせいなのだ。そして自分がよくなるためのものなのだ。

そして、自分のなかにすべての能力はある。病気を癒すことも、貧苦からぬけ出ることも、その他あらゆる苦しみに耐え、さらに解放されることはすべて自分の力でできるのだ。神の叡智が自分のなかから語りかけてくる。私たちはただ、そっと耳を傾ければいいのだ。

自分を救うのは他の誰でもない。自分自身なのだ。

誕生日に宣言すると、私に変化が起きた。刺すような苦しさがなくなり、ビールを必要としなくなったのである。実は、ふたたび日に缶ビールを1本、あるいは2本飲むようになっていた。

話を少しさかのぼると、1月以来まったく飲まなくなった私は、3月に母と旅行したおり、ビールの少々も飲めないのは実に味気ない、寂しいと思ったのである。少しぐらい飲める自分の方が好ましく感じられた。そしておそるおそる飲んでみたら、意外にもおいしく飲めてしまい、せっかく神様に取り上げられたのに、ビールを飲む習慣が復活してしまったのだった。ふだんはほとんど飲まないのだが、母に望む言葉を言ってもらえなかった後、多少アルコールを必要とするようになってしまった。

誕生日以降、アルコールは、またほとんど飲まなくなったが、今度はチョコレートアイスクリームを好むようになり、日に2本ほど食べるようになってしまった。どこかに欲求不満が隠れていたのだ。それに相変わらず体を動かさないので、私はあっという間に、太ったもとの自分に戻っていったのである。

7

9月になり、毎朝の祈りや印の行は内容が多くなり、真剣さを増していった。すると、教えとは裏腹に、私の心にどうしても母を赦せないという思いが顕在化していった。

その思いが自分にはっきりしたとき、頃合いを見計らって母に切り出した。それは、10月の白光の富士聖地の行事に母が参加できるようになったのを契機として、行くからには意識を持って参加してほしいと言ったのだ。

「あなたの祈りは何?」と、私。

「世界平和…」と、母。

「そういう意味ではなくて　あなたの願いは?」

「あんたに赦してもらうこと」

「それは私の問題でしょ。あなたの問題は何?」

「わからない。教えてください」

「じゃあ、今まで、私に対してやったこと、あるいはやらなかったことは何?　それを考えてみたら?」

母はまじめに考えたようだった。

次の日、私に言うともなしにぽつんとつぶやいた。

「どうしてあのとき、あんたにどうしたのって言えなかったのだろう」

昭和53年頃、私は母に、「助けて」と言ったそうだ。日記か何かの端に書いてあったらしい。そう訴える私に母は無反応だったのだという。

次の日、母は絞り出すような声で言った。まるで夢の世界のことのように遠い目をしながら。

「私はおしゃべりだったし…依頼心が強くて…愛がなかった…。あなたがくれた手紙を読み返してみる」

まさにその通りであった。母は、はじめて母そのものの姿に気づいたのだった。

手紙とは別居している間に私が送ったものである。わかってほしい、助けてほしいというようなことも書かれていた。

その次の日、車で富士聖地に出かけた。母は明らかに体調を崩しており、精一杯の様子であった。私はそんな母を静かに見守っていた。というより、ただ母の言葉を待っていた。慟哭《どうこく》し、そして手をついて私にわびるのを待っていたのか。私のことを愛しているという言葉を待っていたのか。何でもよかった。心に響く言葉をただ待っていた。

次の日も何もなかった。

その次の日、母に手紙を読んだ返事を催促した。

次の日もその次の日も何も返ってこなかった。

その次にやっと返事が返ってきた。手紙であった。

「自分は人を愛せないとわかった。人を愛せるようにするにはどうしたらいいかをある人に尋ねたところ、そのためには自分を責めないで、自分を愛すること、そして感謝して生きることだと教わったので、そうします」

これを読んでいたく失望し、落ち込んでしまったが、やがておかしくなって笑ってしまった。

それはそれまでの母そのものであったのだ。脳天気で単純な母。自分を責めるどころか深く省みることなどない幸せな母。でも、感謝で生きるすばらしい母。そのままの母であったのだ。

母が気づいた自分の実像はまた何重にもなった心のカーテンの奥深く隠れ、彼女の意識に上ることはなかった。そして10月は過ぎていった。

8

11月初旬のある日。この奇跡の年の仕上げはこの日を待っていたのかもしれない。この日、ひょんなことから、長年の友Kさんとメル友のK子さんと私の3人で集まることになった。3人でいるうちに、私は自分の気分の変化に気づいた。どうとは言えないけれど、何かが違う。帰り道、母への執着がなくなっていることに気づいた。

帰宅して1時間待ってみた。でも、確かに母への悲しみ、怒り、あるいは愛を求める気持ち、そんなものがかけらもなかったのだ。母のもとに行き、母に告げると共に、10月に母に無理強いしたことを心からわびた。涙がにじんでいた。

なぜこんなことが起きたのだろう。それは、この日が西洋占星術でいうハーモニックコンコーダンスとかに当たっていたからかもしれない。その日、常に祈っている人は意識のジャンプが起きると言われていた。あるいは、はじめて私が自分の安心できる場を得たからかもしれない。KさんとK子さんと3人でいて、私はあまりしゃべらずともそのなかで認められ、尊重され、居心地よく過ごせていたのだった。10時間余もいっしょにいながらまったく苦しくなかった。

こうして、56年にわたって持ち続けた思いはあっという間に消えてしまった。信じられないほどあっけなく、みごとになくなってしまった。


こんな奇跡が起こったというのに、実は私は楽しくもなんともなかった。心が浮き立つとか、生き生きするとか、そんな変化は何もなかった。ただ淡々としていた。何も変わらない。相変わらず気力のなさや、対人関係の苦しさ、そして近い将来孤独になることへの漠とした思い、ほとんど同じであった。

ただ、ほんの少しだけ楽になっていた。もうアルコールもアイスクリームも必要としなくなっていた。

母に対する思い、悲しみ、怒りなどマイナスの思いや執着が自分のなかから消えたことは、すばらしいことであった。

来し方を振り返ったとき、人生に無駄なものはいっさいなく、すべてが用意され、それらが静かにひとつに収束していく過程を淡々と歩んできたのだと思った。

いつの頃からか神によって生かされている自分に気づきながら、苦しさにあえぎ、嘆き、人を傷つけ、嫌な思いをさせながらじたばたと無様に生きてきた。でも、心の底の神を信じる思いはみじんも揺るがなかった。神に感謝し続けてきた。そしてその思いに神はみごとに応えてくれたのだと思った。

2004年

1

3月のある夜、突然、ヒュウッと音を立てて寂しさが私の心に侵入した。それと共に、母に対していらだつ気持ちが再燃してきた。

ある朝、母が見ず知らずの人に、

「うちの娘がこう言うんですよ…」

と、しゃべりだした。

それを聞いていた私は、しばらくして母に、

「お願いだからそう言うのはやめてね」

と、静かに話した。

その夜、母は電話で声高らかに「うちの娘がこう言うんですよ」としゃべりはじめた。

私は切れてしまった。

「朝、やめてと頼んだばかりでしょ。50年も前からやめてと頼んでることでしょ。いつになったら私のことを真剣に考えてくれるの。私の思いを大切にしてくれるの」

子供の頃のつらかった思いと重なり、胸の痛みがつのっていくのだった。

母は横たわり、

「いつもそう思うんだけどね。つい言ってしまうの。○○さんにもよく言われるわ。うちの娘がこう言うって言い過ぎるって」

と、顔を覆って以前と同じことを言う。

「焼き直さないと治らないね」

「今がそうでしょ。焼き直そうと思うなら今焼き直しなさいよ。何のために白光に入ったのよ。そのためじゃない。自分の心を磨くためじゃない」

と、私は声高に言った。

「あなたがいただいたご指針にある言葉『すべて相手の立場に立って考え、行動することが必要である』を実行しなさいよ。お飾りじゃないのよ、これは。その人の状況に最もふさわしいことが書かれていて、1年かけてそれを実現すべく努力するのよ。あなたにぴったりの言葉じゃない」

母には、どうしても私の言葉がわからないようであった。ただ、自分が私に精神的に依存してきたことはうっすらわかったようであった。それ以上は何もなかった。

2

4月になって、10数年にわたって私を支えてきてくれたSさんを日光に招待することにした。犬も泊まれる宿ながら大層美味なフレンチを味わうことができる上に、お互いの地の利がよかったからだ。

Sさんは心から喜んでくれて、楽しいひとときを過ごすことができた。以前から私は、Sさんといると、人と話せない自分が嘘のように、明るく楽しく語らうことができるのだ。不思議であった。私を丸ごと受け入れてくれているという安心感がそうさせているのだろうか。

何を話したかはおおかた忘れてしまったが、おおいに会話を楽しみ、料理とワインを楽しみ、あっという間にときは過ぎていった。

そのとき、Sさんが「あなたは私を生きる糧としたが、依存はしなかった」と言った言葉が心に残った。

この招待は、感謝の意を伝えたかったのと、自立をめざす第一歩としたかったのだ。出かける際の母は、楽しんでいらっしゃいとか、Sさんによろしくなどという、私が期待する言葉はなく、しがみつくようなせつない顔をしていた。あのときと同じだ、と私は思った。30年前にヨーロッパに旅立つときと同じような顔に見えた。

どうして私をおいてひとりで行くの。早く帰ってきて。寂しいわ…というようなメッセージを私は受け取った。

アクセルを踏んだ一瞬の後、しがみつかれるような感じは払拭され、私はひとりのドライブを楽しみ、Sさんとの語らいを楽しみ、すてきなときを過ごすことができたのだった。

私は自立したい。必ず自立できる。心からそう思った。

3

6月、ピラミッドに入る機会があった。ピラミッドというのは白光の富士聖地にあるもので、5時間そのなかにこもり、ひたすら自分と向き合う。自分の本心（神）のメッセージを聞くのだ。母も参加するという。母は母なりに一生懸命のようだ。

いつものように、私はしばらくの間眠ってしまった。3時頃、ふと私は自分のなかから言葉が伝わってくるのを感じた。

「自分をいじめちゃ駄目。あれだけのことをされたのだから、話せなくて当たり前。あなたはよくやった。よくやった。よくやった。すばらしい。すばらしい。すばらしい。苦しめられることで磨かれる」

涙があふれ、心が静かに癒されていった。私は母から逃げず、真正面に向かい合ったから与えられたと思った。私は、母と満足に話せない自分をずっと責めていたのだった。

自分を赦し、自分を愛することが1番大切なのだ。

母はがんばった。5時間身動きもせず、トイレも行かずに座り通した。根性がある。

が、出てきた言葉に私はがっかりしてしまった。守護霊様が守ってくださるのを感じて涙が出たというのである。なんだ、私に対してのことではないの、自分のやったこと、あるいはやらなかったことへの気づきじゃないの。

私は、自分のさわやかな気持ちと裏腹に、すうっと落胆していった。

「近々、7月大行事があるからそのときは意識を持って参加してね。意識していると気づきがあるかもしれない」

私は母に言った。母は何のことやらわからないふうであった。当然のことながら、7月に富士聖地に行った母は別に何も変わらなかった。

4

入会してから3年あまり、教義に書かれていることに私なりに一生懸命取り組んでいた。様々な教えを少しずつ少しずつ取り入れていった。

でも私は、日々苦しくなっていった。暑い夏の日差しをさけて犬の散歩は夜間に行くのだが、近くの子供広場のすべり台に腰掛けると、決まって涙がこぼれるのだった。苦しくて苦しくてたまらなかった。死にたいと思った。毎日同じことの繰り返しであった。

8月も末の頃、私の心の底からどうしても母にもう一度働きかけたいという思いが募ってきた。それは揺るぎない思いであった。

母のスケジュールをにらみながら、タイミングを見計らって母に自分で作った文書を渡した。母は、民謡の会の会長だけでなく、全市の施設を統合する会長なども引き受けており、発表会とか会議などのスケジュールがいくつも入っているのだった。文書は、私に関する設問に答えるような形であった。母に自分と向き合い、そして私と向き合ってもらおうと思ったのだ。私がどんな苦しみを負ってきたか。その苦しみに対して母はどんな働きかけをしたか、などである。

案の定、母は体調を崩した。ものすごい疲労と神経性の下痢、食欲不振などで呆然と過ごすようになった。それを見ていても私は悪いことをしているとはまったく思わずにいて、このことは私のためだけでなく母のためにもなるとほとんど確信していたのだった。

10日ほどたったとき、母に返事を書いてくれと催促したが、母は何にもわからないと呆然と言うのみであった。今後の私の生きる力になるのだからと、今の心境だけでいいから書いてくれと強くせまった。

母は、残る力を振り絞って何とか書いてくれた。自分の長所、欠点を書き連ね、また自分の人間的欠陥が私の生涯にわたる苦しみを生んだことを記していた。母は、自分のありかたを省みようとしたり、私の気持ちを考えようとしたりすると曖昧模糊《あいまいもこ》となり、何もわからなくなるのだった。だから今まで、一度も考えようとしなかったのだ。できなかったのだ。

無理をすると今回のように体調を崩し、とんでもない状況に陥ってしまうのであった。母は自分を見つめることができた。だが、それを受けても私は気持ちが晴れないままであった。それは私の予想と違った。

数日後のある日、朝5時に犬の散歩のために降りてきた私は、妙な行動をした。我が家では毎朝お風呂に入る習慣があるのだが、新しい湯にしたとき、母は自分で入浴剤を入れない。次に入る私が入れるのを待っている。

私は、前日掃除をしてふたを開けたままにしてあった風呂に入浴剤を入れ、ふたを閉めた。朝1番で入浴する母のために、入浴剤を入れてあげようと思ったのだ。そのとき、自動湯張りのボタンを押すかどうか迷った。何故だか結局押さずに、ふただけを閉めてしまった。つまり、ふたを閉めてあるだけの空っぽなお風呂である。

この間、ずっと妙な感じに支配されていた。何か変なことをしている、自分が自分でない感じがしていた。


6時に散歩から帰ってきたとたん、母が飛び出してきた。

「お風呂が壊れた、見てちょうだい」

と訴えるのだ。母は、ふたが閉まっているからお湯が入っているものと思い、追い炊きのボタンを押したのだ。でもお湯はない。

そのとたん、私はパニックになって母を責める言葉ばかりまくしたてていた。

「何言ってるのよ、昨日ふたを取ってあるのを見たはずでしょ」

などと理屈にならないことばかり言いつのり、だあっと2階に駆け上がってわあわあ泣きじゃくった。何と未熟な自分なのだろうと思ったが、すぐにそうではないことに気づいた。

母と不意に出会ったこと、そして依存されること、このふたつが同時に起きてしまったので私はパニックになったのだ。

子供のときから、母と無防備なときに顔を合わせないよう、極力避けていた。恐怖におそわれて心身共にすくんでしまう。だから、母といるときはいつも緊張して身構えていた。また、母に頼られる、頼まれるということが非常に苦痛でたまらない。胸をえぐられるような苦しさなのだ。何年も前から幾度となく母に、私に頼らないで、頼まないでと繰返していた。

ひとしきり泣いた後はすっきりとした気分になり、一時間ほどして階下に降りていって母に話しかけた。

「さっきはごめんなさい」とわびて、静かに話しはじめた。母ははじめて言葉が心にしみこんだようで、「あなたが幼いときから…」と言いかけて目を伏せた。

そして、母が自分を見つめようとしたり、私の気持ちを考えようとしたりすると真っ白で曖昧模糊の世界になってしまい、何もわからなくなり非常に苦しんでしまうように、私は私で、人といるとき似たような症状に陥ってしまう。物心ついたときから常に真っ白な世界にいて、非常につらい日々を過ごしてきたのだと話したら、母は「かわいそうだったねえ」と言って涙ぐんだのだ。自分が今回体験したばかりだからその心的状況が母にもわかったようだった。

母の場合は、その欠落に自分が気づくと耐えられないから、きっと守護霊様が気づかぬように守っていてくださったのだ。また、今朝のお風呂の件も守護霊様がよくなるために計らってくださったのだと話したら、母は、ありがたいことだねえとしみじみ言いながら、人間らしい人間になるべく勉強させていただくなどと言っていた。

詰まっていた私の心は、この一件でぽーんと発散したようであり、息詰まるような苦しさがほとんどなくなっていた。

母は私に言った。

「すべて生活苦。毎日生きるのが苦しくて、どうやって生きようかと…。そんないらいらを全部あなたにぶつけた。生活苦は生活苦、子育ては子育て、別にしなければいけなかった。そんなこともわからないでいらいらをあなたに…。申しわけないことをした。結果として、あなたは人と関われない孤独な人生を送ることになってしまって、申しわけなかった。本当にごめんなさい」

次の日の朝、私は母に気づいたことを文書にしてくれと言ったのだが、母はまた呆然としてしまい、体調を崩してしまった。1日、2日と、そんな母の姿を見ているうち、私も同じじゃないか、できないことをやれと言われれば私もできないんだ、ということがわかってきた。

母と私は同じなのだ。共に、親から存分な愛情を注がれずに育つ過程で、欠落したままのものがあるのだ。そう思い至ったとき、自分を赦すと共に、確かに母を赦せたのだと思った。

守護霊様が守ってくださっている。気づくように、救われるように一生懸命働いてくださっている。

それを機に、私の心には絶対大丈夫という思いが根づいた気がした。母に対する恐怖は残っているかもしれないし、様々な場面で真っ白になってしまう私の心的世界もあるかもしれないけれど、もう気にしない。それが私だから。

5

やっと春には花を、秋には紅葉と、季節を愛でる気持ちが湧いてきた。私は、はじめて紅葉を求めて、ドライブに出かけたのだった。

行きかう車もほとんどないような、先の見通しのつかない紅葉の細い山道を2時間近くもドライブしながら、守護霊様が確かにしっかり守っていてくださるという実感を得ていた。背中からすっぽりと包んでいてくださっている。温かい。何の不安も心配もなく、私はどんな道でも楽々運転できるようになっていた。苦手だった渋滞する首都高速もいとも軽やかな気分である。

どんなことでも守護霊様に感謝するといいですよ、とTさんが教えてくださってから、ずっと日常のすべてに感謝していた。私は感謝が自然に湧き出るような人ではなかったので、意識的に感謝することを自分に課していたのだった。

そしてまた、そんな旅先の宿で2年ぶりくらいにマッサージにかかったとき、私はびっくりしてしまった。「左の首がすごいでしょう」と話しかけた私に、マッサージさんは、「いいえ、やわらかいですよ、むしろ右の方が少し固いかもしれない」と答えたのだった。さわってみるとその通りだった。

私は何十年というもの、首、肩、背中の猛烈なこりに悩まされていた。小学生のときから、左の肩は鉄のボールがごろごろしているようだった。いつも左の首と肩がぴーんと固くしこっている。男の人の、それも体格の大きな人に思い切り押してもらっていた。月に何回か指圧を受けることで何とか勤め続けていたのだった。背中はどんなに強く押してもらってもまったく何も感じない。鉄の板が入っているようだった。

子供のときからずっと、私はまわりを見ながらふつうの人のふりをしようとしてきた。仕事についてからは少しでもよい教師でありたいと、必死で演じ努力してきた。もちろん不十分なこと、とんでもないことの方が多かったろうが、そのときの自分にできる最善は尽くそうとしてきた。人と関わることが苦痛であっても、感情が定かではなくても、そうとはわからぬようにふるまってきた。人に悪く思われないようにしようと、小さいときからほとんど無意識のうちに思っていた。心は伴わずとも、あるいは体がきしんでいても、頭で考え、懸命に自分を引っ張ってきたのである。きりきりと引っ張ってきたのである。

それがよかったのかどうかはわからない。ただ、私にはそのようにするしかできなかったのだ。はた目にはどううつっていようとも。

猛烈なこりの一因はそれであったのかもしれない。それが気づかぬうちに解消していた。ストレスを感じなくなっていたのだ。そんな変化がまたひとつ嬉しかった。ありがたかった。

そして少しずつ動けるようになっていった。以前は1日ひとつのことを終えるのがやっとであり、しばらくぼーっとした後、次のことができるかできないかという具合であった。それが次々と動ける。お総菜の買いものから帰ってすぐに犬の散歩に出かけられる。その後すぐ違うことに取りかかれる。そんなことができるようになった。

でも、掃除や片づけなどをすることはできなかった。特に階下では母のいるときには自由には動けなかった。

6

暮れも押し迫ったある日、近所のおばあさんが階下の掃除にやってきた。そのとき私は妙なことをした。しばらく前に購入してあった窓ガラス磨きの掃除用具を持って階下に行き、母とそのおばあさんの前でやり方を披露したのだ。

下に行く前、逡巡していた。高齢のその人のためにも楽にきれいにできるこの用具を紹介しよう。でもやって見せるなんてちょっと抵抗がある。やりたくない。嫌なんだけど下に行こう。というような半端な感じのまま下に行き、窓の掃除のしかたをやってみせたのだった。10月のときと同じような妙な気分に支配されていた。

庭に出てガラスを掃除していると、部屋のなかで母とおばあさんが笑っている。笑い声が聞こえる。母の笑い声を聞いているうちどうにもたまらなくなってきた。こうやるのよと早口で言い置いて、急いで2階に上がっていった。わああと泣きじゃくった。後から後から涙が吹き出してくる。

あのときと同じ。幼い日と同じ。私の舌足らずの言い間違いを笑った母の声。母の笑い声がたまらなくつらかったあの日と同じ。

つらかったね。つらかったね。やえちゃん。つらかったね。つらかったね。

涙はいつまでも止まらなかった。両腕で自分を抱きしめるようにして、私は語りかけていた。言葉がほとばしりでていた。

大丈夫だよ。私がいるよ。小さなやえちゃんには私がついているよ。大丈夫だよ。

つらかったね。ひとりでよくがんばったね。つらかったね。大丈夫だよ。

ひっそりと私の心の奥に住んでいた、凍りついた小さな私が溶けだした瞬間であった。

傷ついたまま、そのときのまま、なすすべもなく凍りつくしかなかった私。誰にもわかってもらうことも、抱き留めてもらうこともなく呆然と立ちつくすしかなかった私。

先ほどの母の笑いは私を笑ったものでないことは承知していたし、幼い日、母が笑ったのは嘲笑でないこともわかっていた。でもつらかった。理由はわからないけれど、身の置き所がないほどつらかったのだ。自分の存在が危うくなるような、そんな思いでいっぱいになった。

そうだ、私はまだ小さなやえちゃんを癒してなかったんだ。

内なる子供、インナーチャイルドを癒すことに気づかされたのだ。守護霊様の絶妙なるお働きであった。

2005年

1

この年の正月は、ちょっとした嵐のような日々であった。暮れにインナーチャイルドを癒すことに気づかされた私は、何度か様々な場面の私を蘇らせては「つらかったね」「よくがんばったね」などと、小さな自分に語りかけ抱きしめていた。涙がぽろぽろとこぼれる。

本当に小さなやえちゃんはよくやった。つらいのに誰にも言えずよくがんばりぬいたとしみじみ思う。小さなやえちゃんはなんてすごいんだろう。私は小さなやえちゃんを誇りに思う。小さなやえちゃんがいとおしい。最高の存在だ。

そう、小さな頃ばかりではない。30のときだって40のときだってがんばったのだ。たったひとりで。つらかったね。つらかったね。つらかったね。よくやったね。えらかったね。

そうした日々の間、母に対してはつっけんどんな物言いしかできず、我ながらびっくりしていた。母に対して怒りを感じているわけではなかったが、まともにものが言えなかった。

松がとれて3、4日たった頃の午前中、祈りのテープを聴きながらひとしきり涙を流していた。

つらかったね。つらかったね。よくやったね。

その午後、無性に読みたくなった本を開くと、そこに言葉があった。

私たちはこの世に修行しにきた。魂を磨くために。

そうだった。私はこれを体験しに来たんだ。今生、生まれてきたのはこのためだったんだ。

この母を選び、苦しみ、克服し、そして赦す。さらには感謝する。

すとんとこの思いが腑に落ちた。以前からぐずぐずと頭の隅に巣くっていた思いが心の底にしっかりと降りていったのだ。

2005.2

1月半ば、房総の海を望む宿の一室で私は母に言った。

「お母さん、私を生み育ててくれてありがとう。私は今生の大きな課題をひとつやりとげることができました」

母は「それはおめでとうございました」と答え、ややあって「私は足らないところがあって…」とつけ足したが、それは気にもとめず、ささやかに乾杯をし、海の幸を感謝と共に味わった。

私は、母に感謝の意を伝えるために、早春の房総一周の旅に招待したのだった。行く先々の海に陽光がきらめき、それはそれは美しい光のなかの旅であった。

「お母さんが長生きしているのは、私の心の成長を待つためだったような気もする」と、私はつぶやいた。

怒りや悲しみや恐怖などの思いが消えた心は空虚になり、やがて寂しさでいっぱいになり、そしてそれが消えた後は、安らぎに満ちた穏やかな心となっていった。気がつくと、母と私は調和していた。相変わらず会話は少ないけれど、それはさして必要がないからであった。ことさら話さなくとも通じ合っている。愛と感謝に満ちている。柔らかな細やかな空気が充満している。私はずいぶんと楽に生きられるようになっていた。

そんなある日、私は気づいたのだった。母は愛そのものである、と。

この2年、私は苦しさのあまり様々に母に訴え、働きかけ、怒りを表した。母はそのたびに母なりに誠実に対応し、体調を損ねながらも自分の力を振り絞って応えようとしてくれた。そして私の言動をいっさいとがめなかった。質問も抵抗も譴責《けんせき》も何もなかった。ただ淡々と受け入れるのだった。

そして母はいつの間にか、この家にもこの地にも、その他様々なことに執着を持たない人となっていた。与えられたものをただ感謝で受け止める。死もまったく恐れていない。

すべてに感謝する日々、さらには世界平和のために祈りを捧げる。マンダラも7枚書き上げた。まさに愛そのものの姿であった。私などがおよびもつかないほどの崇高な姿であった。

この2年間、わからんちんの母を何とか目覚めさせたいとやっきになっている私の方こそが、まるでだだっこがわがままを言っているように感じ、逆に母に赦してもらっているような気分になったのであった。その感覚は正解であった。

2月のカレンダーにある昌美先生の言葉、「愛とは相手のあるがままを受け入れ、あるがままを尊重しあうもの」を日々眺めているうち、少しずつ私の心に確かな形となっていった。多くの人々が憧れ、目指している高みに母は住んでいた。愛と感謝に満ち、ひっそりと美しく母は佇んでいた。

さらに私は、生まれる前からずっと、もっとスケールの大きい母の愛に包まれていたのではないかと気づいたのだった。

私の今生の課題を達成させるために、母はみごとに役割を演じきったのではないだろうか。虐待し人格障害を負わせ、その子供の心をわかろうとせず、さらに私に精神的に依存し、エネルギーを奪って生きる母親の役を。

しかしその間、働かない夫と子供を抱え、貧乏のどん底で母はがんばった。そして彼女のできうる限りのことを私にしてくれていたのである。そして、私が家に戻って因縁を浄化する最終段階に入ったことで、母は本来の愛そのものの姿を私に示したのだ。

私は母の大きな大きな愛に育まれていたのだった。そのことに思いが至ったとき、とてつもない大きな感謝というか、感動というか、畏怖というか、何とも形容のできない思いにとらわれたのだった。なんとすごいことだろうか。

もしかしたら人は、舞台も登場人物も脚本も緻密に設定され、整えられた場に生まれ、人生を送っていくのかもしれない。その人に最もふさわしい場で。

舞台から降りるも自由、脚本を作り変えるも自由。人はそこで最大限の自由を与えられている。そして、神の存在に気づき、自らの神性に目覚めるときが来るまで、回り舞台のように次々と様々な人生を演じ、命をつないでいくのではないだろうか。

2005年2月、そんなことを茫漠《ぼうばく》と思いながら、母のような人になりたいと心から思う昨今である。

世界人類が平和でありますように
無限なる愛
無限なる感謝

著者略歴

新井 彌重（あらい やえ）

1947年、東京生まれ。

大学卒業後、小学校教師となり、2003年退職する。

ものごころついたときから人と関われない、感情が感じられないなどの様々な人格障害の症状に苦しみながら成長する。1985年、アルコール依存症に陥ったことから、苦しみの原因を知り、それを克服すべく一歩一歩手探りで歩みはじめていく。

2005年、両親をはじめ、自分の人生に感謝できるようになったことから、同じような苦しみを抱えている人のみならず、あらゆる苦しみを克服し幸せになれる共通の処方箋でもある方法を、多くの人々に知ってもらいたいと思い、本書を執筆する。

人格障害は自分が治す

2005年９月30日　初版第１刷発行

著　者　新井 彌重
発行者　韮澤 潤一郎
発行所　株式会社 たま出版
〒160-0004　東京都新宿区四谷4－28－20
☎03-5369-3051（代表）
http://www.tamabook.com
振替　00130-5-94804
印刷所　神谷印刷株式会社

乱丁・落丁本はお取り替えいたします。

ISBN4-8127-0192-9